Ichinose, Azuma & Kuchiki
「落花流水の如く」

「朽木はキスが好きだな」

ふっと鼻先で笑い、再び一之瀬が唇を重ねて来る。

キスが好きだなんて、違うと否定したい気持ちはあったけれど、
それよりも一之瀬のキスを望む心の方が、ずっと大きかった。

(本文P.35より)

落花流水の如く

諸行無常というけれど2

谷崎 泉

キャラ文庫

この作品はフィクションです。
実在の人物・団体・事件などにはいっさい関係ありません。

目次

口絵・本文イラスト／金ひかる

風薫《かお》る五月。長い連休も終わり、日中は暑いくらいの日も出かけた頃。朽木七会《くちきななえ》が係長を務める、ＰＪＴ本社旅行事業部安全推進部国際課欧米係…という舌を嚙《か》みそうに長い正式名称を持つ、通称欧米係は一時のパニック的な忙しさから解放されていた。

日本でもトップクラスの旅行社であるＰＪＴでは多くのツアー商品を販売しており、毎日、大勢の旅行客を各地へ送り出している。欧米係の仕事は主にアメリカ・ヨーロッパ方面への旅行客がトラブルなどに見舞われた場合、対処することである。事故に遭ったり、怪我をしたり、急病で亡くなってしまったり。旅行中のトラブルというのは意外に多いのだが、その中でも渡航先で内乱が勃発《ぼっぱつ》し、空港が閉鎖されて戻れなくなってしまうという、最上級のトラブルが先々月に起こったのだ。

係長として対応を任された朽木は、当事国である中央ヨーロッパに位置するアルドギルドまで出かけて奔走した。その際、復路便に乗り遅れるという失態を犯し、そのせいで、思いも寄らないアクシデントに見舞われたのは朽木にとっては苦い記憶である。それはさておき、何とか日本へ帰国した後も、ツアー参加者へのお見舞いや保険の手続きなどの事務的な対応が多くあり、いつも以上に多忙な日々が続いていた。

あれから二月近くが経ち、事後処理もようやく落ち着きを見せ始めた。本来のペースに戻りつつある…上に、ある事情から、欧米係ではかねてに比べると格段に仕事がスムーズに進んでいる。その理由は朽木の部下二名の変化にあった。

午後五時過ぎ、出先から社へ戻って来た朽木は、喉《のど》の渇きを覚えて自販機で缶コーヒーを買った。急ぎの用も入っていないし、新たなトラブルがあったという報告もない。今日は七時には帰れるだろうかと気楽な気分で欧米係があるブースに入った途端、待ち構えていたかのように報告を受けて面食らった。

「係長。パスポートを紛失してロンドンで足止めされていたお客様ですが、無事再発行の手続きが終わり、明日の便で戻って来られるそうです。それとマドリードでの盗難案件についても現地警察から連絡がありましたので返答しておきました」

「係長。ホノルルでツアーバスが衝突された件ですが、全員、怪我はなく無事であるのが確認出来ました。今のところ、欠員なくツアーは続行しています」

「……」

矢継ぎ早に報告してくる田川《たがわ》と井上《いのうえ》に思わず怯《ひる》んでしまい、すぐに返事が出来ない。呑気《のんき》に缶コーヒーをぶらぶらさせていたのが申し訳ないような気になり、さっとそれを背中に隠して「了解です」と返事をした。

以前は使える人材とは言いがたかった田川と井上は、このところ、生まれ変わったように仕事に邁進《まいしん》している。朽木にとっては非常にありがたいことなのだが、戸惑いもあり、複雑な気分で自分の机へ向かった。机の上にも出来上がった報告書が整然と置かれており、内心で小さな溜《た》め息《いき》を吐《つ》いて、缶コーヒーをその横へ置く。

二人の変化には明確な理由があった。田川の場合は…。

「係長、娘がバイト先で貰《もら》って来たマドレーヌがあるんですが、食べませんか?」

コーヒーのお供にどうぞと田川が差し出す包みを、朽木はありがたく受け取った。最近、田川が洋菓子をよく持って来ているのは、その店で娘が働き始めたからだ。

「ありがとうございます。娘さんのバイト、順調なんですね」

「はあ、お陰様で…」

照れ笑いを浮かべる田川の表情はとても嬉《うれ》しそうなものである。田川は朽木よりも年上で、仕事に関しても有能であるのに、精神的に不安定な娘の影響で思うように働けていなかった。その娘の状態が落ち着き、アルバイトを始めたことで家庭に平穏が生まれ、田川も仕事に集中出来始めたのだ。

「五時間程度の勤めですが、毎日、出かけて行きますので。妻も本当に喜んで…助かります」

「よかったですよ。合う仕事が見つかって。このまま徐々に社会復帰出来るといいですよね」

「ありがとうございます」

「田川さんのお嬢さんがバイトしてる店って、最近人気の店なんですってね。彼女も知ってましたよ」

焼き菓子だけでなく、生ケーキも美味《おい》しいらしいという情報を話す井上も、田川と同じように明るい表情を浮かべている。その井上にも仕事に対する姿勢が変わった理由がある。

以前の井上は何でも人を頼り、自分で何とかしようという前向きな態度が欠けていた。そんな井上は、結婚を考える彼女が出来たのがきっかけで、仕事への意欲が出て来た。彼女としあわせな家庭を築く為にも、自分がもっとしっかりして仕事を頑張らなくてはいけないと気づいたらしい。

「結婚式のケーキとか、頼めたらいいですよねえ」

「お、井上くん。そんなところまで話が進んでるのか」

「はあ…まあ…なんとなく、そんな話も」

よかったな、ありがとうございます…とお互いを喜び合う、田川と井上の間にはほんわかとしたしあわせな空気が漂っている。二人がしあわせそうで、仕事に励んでくれるのは大変喜ばしい話だ。だが、三人しかいない部署だけに、自分だけ取り残されているような気持ちになって、朽木は内心で嘆息した。

家庭円満も結婚への希望も、自分には遠い。自分の幸福は何処《どこ》にあるのだろう…なんて、哲学的な思いを抱いて缶コーヒーのプルトップを開ける。その時、机の上に置かれていたメモが目に入った。

「……」

　井上の文字で書かれた「一之瀬《いちのせ》」という名にどきりとする。午後三時、一之瀬さんより電話あり。短い文面を目で追いながら、朽木は冷たいコーヒーを一口飲む。

「……井上。これ、何か言ってたか？」

　メモを手にして井上に尋ねると、注意されるのを予想したのか、先に「すみません」と詫《わ》びる。

「社名とか聞けなかったんです。係長は留守だって伝えると、ならいいですと言って、すぐに切られてしまったので」

「あー…いいんだ。個人的な…知り合いだから」

　構わないと伝え、メモを机上に戻す。一之瀬という名を持つ知り合いは一人しかいない。朽木は都内でも有数の私立名門校である月桃《げっとう》学院という学校で、中学高校時代を過ごしたのだが、一之瀬はその同窓生だ。学生時代には親しくしていなかったものの、先日開かれた同窓会で顔を合わせた後、紆余《うよ》曲折があって浅からぬ間柄となった。

　一之瀬から連絡があるのは久しぶりで、何の用だろうと気になった。それに、一之瀬は携帯の番号を知っているのに、どうして会社に電話して来たのか。不思議に思い、上着のポケットに入れっぱなしだった携帯を取り出した朽木は、自分の失敗に気づく。

「あ」

いつの間にか携帯の充電が切れており、開いた画面は真っ黒だった。慌てて充電コードに繋《つな》ぐと、すぐに何件かのメールが入ってくる。一之瀬もメールを送って来ているかもと思ったが、彼からのメッセージは見つからなかった。

一之瀬が会社に電話してきたのは、携帯が繋がらなかったからだと分かったが、その理由はやはり思いつかない。最後に一之瀬と別れた時のことを思い出してみると、その際に貰ったワインを一緒に飲もうというようなことを言われた記憶が蘇《よみがえ》る。

「…まさかな…」

本気で言っていたとは思えないし、覚えているとも思えない。しかし、他に用というのも思いつかず、朽木は首を捻《ひね》ってメモを見つめていた。

一之瀬が電話をしてきた理由を朽木が思いつかなかったのは、自分にとって都合の悪い記憶を抹消していたせいだ。ワインを一緒に飲もう、まではまだ許容範囲だったが、その前に一之瀬から言われた一言は、聞かなかったことにしてしまいたい内容だった。

午後七時前。朽木は仕事を終えて社をあとにした。一緒に職場を出た田川たちとビルの前で別れて、地下鉄の駅へ向かう。会社から四つ目の駅で地下鉄を降り、地上に上がると弁当屋に立ち寄った。夕飯用に豚の生姜焼き弁当を買い求め、そこから歩いて五分程度のマンションへ向かう。

　朽木が暮らしているのは単身者用に作られた1Kのマンションで、快適とは言えないものの、男の一人暮らしには十分だと満足している。朽木の部屋は三階にあり、階段を使って上がるのが常だった。弁当の入ったレジ袋を揺らしながらひょいひょいと階段を上り、三階の廊下に出ると、自室へ向かう。鞄《かばん》のポケットから取り出した鍵《かぎ》を玄関の鍵穴に差し込んだ時だ。なんだか妙な感覚がした。

「……あれ？」

　既に開いていた気がして不思議に思う。もしかして、朝出かける際に鍵をかけ忘れたのだろうか。盗《と》られるものは何もないが、一応、気をつけているのに。おかしいな…と思いつつ、玄関ドアを開けた朽木は、狭い玄関先に高級な革靴が鎮座しているのを見て、息を吞んだ。

「っ…！」

　一目で自分のものじゃないと分かるぴかぴかに磨かれた革靴が誰のものか、直感で閃《ひらめ》いた。つい、数時間前にその名を見聞きしたばかりなだけに、間違いないと確信する。まさかと思いたいが、こんな高級な革靴を履《は》いている知り合いは一人しかいない。

　どうして…いや、どうやって？　いや、この際、そんなことはどうでもいい。朽木は靴を脱ぐのももどかしい気分で部屋に上がり、キッチン横にあるドアを開ける。ドアを開け放ってあれば、玄関先から全てが見渡せるほど、朽木の部屋は狭い。そんな狭小スペースがこの世で一番不似合いだと思わせるような男は、部屋の中央に丸椅子《まるいす》を置いて座っていた。

「早かったな」

「…っ…お、お前…！」

平然とした顔で朽木を出迎えたのは、もちろん、一之瀬である。きらりと光る高級腕時計で時刻を確認して呟《つぶや》く一之瀬に、朽木は憤慨して詰め寄った。

「ど、どうしてここに!?」

「ようやく時間が取れたから朽木に会いたくて、電話したんだが、繋がらなかったんだ」

「そうじゃなくて、俺はどうやって部屋に入ったのかと、聞いてるんだ！」

「……。開いてたぞ?」

一之瀬はしれっとした顔で言うけれど、本当だとはとても思えなかった。やはりどう考えても、自分は鍵をかけたはずだ。記憶もある。一之瀬は犯罪紛《まが》いの方法で入り込んだとしか思えないのだが、彼は認めようとしない。

「そんなわけないだろう。俺は鍵をかけて出かけた！」

「かけ忘れたんじゃないのか」

「忘れてない！」

「朽木」

「なんだ!?」

「うるさいよ」

声を小さくした方がいいと言い、一之瀬は壁を指さす。とても防音が整っているとは思えないが？　と厭《いや》みな感じで指摘され、朽木は益々険相を深めた。確かに一之瀬の言う通り、この声の大きさでは隣から苦情が来てもおかしくない。内心で歯がみしながら、朽木は深呼吸して自分を落ち着ける。

そんな朽木に一之瀬は微《かす》かに眉《まゆ》を顰《ひそ》めて、携帯が繋がらなかった理由を聞いた。

「何度かかけたんだが、何処にいたんだ？」

「充電が切れてて…、気づいてなかったんだ。それで会社にかけたのか？」

「ああ。飛行機にでも乗ってるのかと思ったが、東京《とうきょう》にいると言うので、ここで待っていたらその内帰って来るだろうと思ってな」

俺もさっき来たばかりだ…と言う一之瀬に悪びれた様子はなく、まるで最初から部屋で待ち合わせをしていたかのようだ。一之瀬のペースに巻き込まれてはいけないと、心を律しながら、朽木は基本的なことから質問する。

「どうして俺の家を知ってるんだ？」

鍵のかかっていた部屋にどうやって入ったのかも気になるが、そもそも、一之瀬に自宅住所を教えた覚えはない。不審げな顔つきで問いかける朽木に、一之瀬は優雅な笑みを浮かべて肩を竦《すく》める。

「細かいことは気にするな」

「気にするだろう、普通」

普通…という言葉を口にした朽木は、はっと気づいて眉間《みけん》の皺《しわ》を深くした。そうだ。一之瀬は「普通」からは遠い男だった…。一之瀬の言う通り、細かいことを気にしていたら、話が進まない。既に一之瀬のペースに乗せられている自分を悔やみながらも、朽木はぐっと堪えて別の問いを向けた。

「…じゃ、何しに来たんだ?」

「朽木に会いに」

「……」

出身校が同じというだけの相手だった一之瀬との間に、望まざる関係が生まれた経緯が一気に頭の中に蘇って、めまいを覚える。同じ月桃出身者である朽木の友人…東《あずま》満《みつる》を捜していた一之瀬に嵌《は》められ、痴態を収めた映像を盾に脅迫を受けながら右往左往した。その後、中央ヨーロッパに位置するアルドギルドという小国で起きた内乱に、一之瀬と共に巻き込まれることになった。

アルドギルドで図らずも一之瀬との間に生まれてしまった「関係」は朽木にとっては葬り去りたい事実だ。だが、一之瀬の方はそうでないのは分かっていた。最後に一之瀬に会った時、彼が向けて来た台詞《せりふ》を忘れようと努めて来たが、記憶から消せないでいる。男から「俺とつき合わないか？」と言われるなんて、想像したこともなかったから、衝撃的過ぎた。

その上、久しぶりに現れた理由が、自分に会う為だなんて。唖然《あぜん》としてしまった朽木に、一之瀬はしばらく音沙汰《おとさた》がなかったわけを続ける。

「もっと早くに会いたかったんだが、なかなか時間が取れなかった。朽木にワインを渡してから、すぐに東京を離れなきゃいけなくなって…ようやく戻って来られたから、電話したんだ」

「…あれからずっと海外だったのか？」

「ああ。だが、また近い内に出かけなきゃいけないかもしれない」

外務省に勤める一之瀬は邦人安全対策室という部署におり、海外で起こる邦人に関する様々なトラブル処理に当たっている。ＰＪＴの旅行客に限定されている朽木に対して、一之瀬が対応しなくてはならない問題は幅広い。アルドギルドでの内乱に二人して巻き込まれたのも、互いの仕事が絡んでいたせいだが、その際に一之瀬の働きぶりを見た朽木は、彼が有能である分だけ多忙なのだろうと感じていた。

「大変だな」

「仕事だ」

愚痴の一つも零さず、当然のように言う一之瀬の態度は尊敬すべきものでも、それとこれとは話が別だ。多忙な仕事の合間を縫ってでも会いに来るというのは、相思相愛のカップルなら美談であっても、朽木にとっては迷惑な話だ。改めて、自分にそういうつもりはないと伝えようとして一之瀬を見た朽木は、ふと疑問を抱いた。

一之瀬は部屋の中央辺りに丸椅子を置いて座っているのだが、それは朽木が脚立《きゃたつ》代わりに使っているもので、普段は台所の隅で埃を被っている。それを運んで座っている一之瀬に、怪訝《けげん》な思いで理由を聞いた。

「その椅子、向こうにあったやつだろう？　どうして？」

「他に椅子がなかったから。床に座るというのは慣れていない」

「……」

田園調布《でんえんちょうふ》に実家のあるスーパーお坊ちゃんらしい理由に呆《あき》れながら、朽木は元の場所へ戻すように指示した。散らかってはいても、一応、掃除はしてあるから、床に座れよと言う朽木に、一之瀬は不承不承頷《うなず》いて立ち上がる。

「どうしてソファを置かないんだ？」

「この部屋にソファなんか置いてみろ。身動き取れないだろう？」

「ベッドもない」

「布団だ、布団」

押し入れに入ってる…と言い返しながら、朽木は買って来た豚の生姜焼き弁当を卓袱台《ちゃぶだい》に置いた。早いところ、一之瀬を帰さないと、夕飯も食べられない。台所に椅子を戻しに行った一之瀬に「おい」と声をかける。

「何でもいいから、早く帰れよ。忙しいんだろう？」

「…いいものがあった」

「いいもの？」

何のことかと思って振り返れば、一之瀬が置きっぱなしにしていたワインを手にしていた。アルドギルド産のそれは一之瀬から貰ったもので、手渡された時に向けられた誘いを思い出し、朽木は眉を顰める。

「持って……」

「一緒に飲もうって約束したよな？」

自分は飲まないから持って帰れよと言う前に、一之瀬が強い口調で台詞を被せて来る。約束なんてしていない。一之瀬が一方的に誘って来ただけだ。朽木は派手に首を横に振り、否定した。

「約束なんてしてない！　勝手に勘違いすんなよ」

「ワインオープナーは何処だ？　グラスは？」

「っ…」

だが、一之瀬は話を聞かずにワインを飲む為の準備を始めてしまう。朽木は再度「帰れって！」とつっけんどんな口調で追い返そうとしたが、一之瀬は聞かなかった。

「ようやく会えたんだ。そう邪険にするな」

「邪険って…」

「部屋まで押しかけたのを怒ってるんだろうが、約束して待ち合わせしたりする時間が惜しかったんだ。許せ」

とても許しを請う物言いには感じられないものの、真面目な顔つきは一之瀬が本気で自分と会いたかったのだというのが伝わって来て、何も言えなくなった。一之瀬の求めに応じるつもりは毛頭ないが、強引に追い出すのも大人げないのではと思えてくる。

仕方ないから少しだけつき合ってやるかと思い、朽木は上着を脱ぎながらワインオープナーの場所を教えた。

「右側の引き出しに入ってないか？　前に景品で貰ったやつがある筈《はず》だ」

「…ああ、あった。新品だぞ」

「俺は飲まないからな」

一之瀬は一緒に飲む約束をしたと言うけれど、そもそも、朽木は禁酒している。元々は最悪な酒癖を恥じてだったが、一之瀬とのことがあってからは更に堅く禁酒しなくてはならないと肝に銘じた。

一之瀬が開けようとしているワインだって、絶対に飲むつもりはなかった。アルドギルドのワインと一之瀬なんて、最悪な組み合わせだ。冷たく言い捨てる朽木に対し、ワインボトルとワインオープナーを手に戻って来た一之瀬は、全く分かっていないような顔で鷹揚《おうよう》に言う。

「いいじゃないか。一杯くらい」

「冗談だろ」

　床へ腰を下ろした一之瀬は慣れた手つきでキャップシールを剝《は》がして、コルクを抜いていく。

顰《しか》めっ面でそれを見ながらも、朽木は台所へグラスを取りに向かった。

「ワイングラスはさすがにないぞ」

「仕方ない。何でもいい」

　グラスを二つと、冷蔵庫から取り出したペットボトルのお茶を手に部屋の方へ戻る。一之瀬が帰るのを待っていたら苛々《いらいら》しそうだから、隣で弁当を食べてしまおうと考えた。卓袱台にグラスとペットボトルを置くと、一之瀬が早速グラスを手にする。

「いい香りだ。本当はこんな飲み方をするべき品じゃないんだろうが…前に朽木と飲んだ時もマグカップだったよな？」

「あれは…仕方なかっただろ。…って、お前、何してんだ!?」

「何って…グラスにワインを注《つ》いでるんだ」

「違うって、俺は飲まないって言っただろ？　それはお茶を飲もうと思って持って来たグラスだ！」

　グラスを二つ持って来たのは一緒にワインを飲む為ではなかった。ちょっと油断した隙《すき》に両方のグラスにワインが注がれており、朽木は険相で非難する。飲まないと宣言したし、卓袱台の上にはお茶のペットボトルを置いてある。わざとに違いなかったが、一之瀬は素知らぬ顔でワインを勧める。

「そうだったのか。折角だから、一杯だけでも飲めよ」

「その手には乗らん！　二杯とも、お前が飲んで帰れよ」

一杯が二杯に、二杯が三杯にと流されるのは目に見えている。一之瀬の術中に嵌まるつもりはなくて、朽木は自分の方へ向けられたグラスを追いやって、買って来た弁当を引き寄せた。レジ袋から取り出した豚の生姜焼き弁当の蓋《ふた》を開けると、一之瀬が珍しそうに覗《のぞ》き込んで来る。

「…それは？」

「晩飯」

「コンビニで買って来たのか？」

「これはホカ弁屋だよ。…お前、食ってないのか？」

グラスからワインを一口飲み、一之瀬は無言で頷いた。ようやく戻って来られたから電話した…と言っていたのを思い出し、もしやと思い、朽木は尋ねる。

「…まさか…今日、日本に帰って来たとか言わないよな？」

「成田《なりた》に着いてすぐに電話したんだ。最後に食べたのは機内食だ」

「……」

一之瀬は何処から帰って来たのかは言わなかったけれど、長いフライトをこなして帰って来たに違いないと想像がついた。そこまでしなくても…と呆《あき》れつつも、自分に会う為に無理をしているという事実に、複雑な気持ちになる。

人が良すぎるのではという心の声も聞こえたが、情の方が勝っていた。空きっ腹にアルコールというのは身体によくないからなんて言い訳をつけて、半分食べるかと一之瀬に聞いてみる。

「いいのか?」

「一人暮らしでいい加減な食生活してるから、他に食うもん、ないんだよ」

おかずとご飯に分かれている容器の中身を、それぞれを二等分して盛りつけ直す。台所から取って来た新しい割り箸《ばし》を一之瀬に渡し、片方を食べるように勧めた。一之瀬はしげしげと見つめてから、豚の生姜焼きを箸で摘まんだ。

「……これは…豚肉か?」

「生姜焼きだよ。……食ったことあるよな?」

訝《いぶか》しげに確かめる朽木に、一之瀬は「ある」と神妙な顔つきで答える。

「ただ…なんだか…違うもののように感じて…」

「ホカ弁屋の生姜焼きなんてこんなもんだ」

食事じゃなくて、つまみだと思って食えと命じ、朽木は自分の分として取り分けた弁当に箸をつける。浮き世離れしたセレブの一之瀬にはホカ弁も珍しいものなんだろうなと思うと、こんな風に自分に会いに来ているのが心底不思議に思えた。

朽木が気に入ったんだ。そんな台詞を吐いていたのは覚えているけれど、一之瀬に気に入られるような存在であるとは思えない。共通点と言えば、出身校だけで、それも在校時には話した覚えもない。

今は外務省と旅行会社という異なった勤め先ながら、仕事内容が多少被っているので、接点があると言えばあるのかもしれない。けれど、それも内乱なんて一生に一度あるかないかの大事件でも起こらなければ、生まれなかった接点だ。

大体、東というきっかけがなければ、一之瀬が自分に声をかけることなどなかっただろう。東と自分がデキてたなんて、誤解を抱いてなければ。

「……。なあ。お前って……その…いつから…そういう感じなんだ?」

「ゲイだと自覚したのはいつかって?」

はっきりと聞くのは憚《はばか》られて、曖昧《あいまい》な感じで濁す朽木に対し、一之瀬はにやりと笑みを浮かべて言い直す。朽木が頷くのを見て、グラスのワインを半分ほど飲み、「そうだな」と首を傾げる。

「同性に対してはっきりと欲望を抱いたのは中学に入ってからだ。幼稚園の頃から既に女には興味がなかった。幼稚園と小学校は共学校に通っていたんだが、厭でしょうがなかった。それに比べて月桃は天国だった」

「……」

男子校が天国というのは朽木には頷けない表現で、乾いた笑みで「そうか」と返した。朽木の記憶にはなかったものの、高等部の三年間、一之瀬とは同じクラスだった。当時の印象は余りないというような話を聞いたが、「そういう目」で見ることもあったのだろうか。そんな疑問を読んだかのように、一之瀬は高等部時代の話を始める。

「朽木は気づいてなかっただろうが、月桃には同類が結構いたんだ。仲間内で朽木はかなり人気があったぞ。だが、東がべったりついてたから、誰も手を出そうとしなかったんだ。東がいなかったら、朽木は誰かに食われてただろうな」

「…く、食われる……」

どういう意味かなんて聞きたくもなくて、朽木は顔を青くする。東とデキていたという誤解はとんでもないものだと思ったが、そのお陰で襲われずに済んでいたとは。恐ろしいと身震いする朽木に、一之瀬は更に続ける。

「今思うと、朽木に興味がなかった自分が信じられない。あの頃だったら幾らでも時間があったのにって悔しくなる」

「あのな…」

基本的な問題をスルーしてやしないかと、朽木は頭を抱えた。自分はゲイじゃないし、一之瀬とつき合うつもりなど、微塵《みじん》もない。改めて、そこから伝えておこうと、箸を置いて一之瀬を真っ直ぐに見る。

「この前も言ったが、俺はお前とつき合うなんて、考えられないから。東とデキてたとかいうのも誤解だし、そういうのは全くない。それに、客観的に考えてみろよ。お前と俺じゃ違いすぎるだろ。お前みたいな男がどうして俺なんかを…」

「だが…」

「朽木『なんか』とは思わないが」

「朽木は十分に魅力的だ」

「……」

臆面もなく恥ずかしい台詞を口にする一之瀬に、朽木は唖然とする。同時に猛烈な羞恥心が込み上げて来て、頬《ほお》が熱くなるのを感じた。正面切って、魅力的だなんて言われるのは生まれて初めてだ。逆のパターンだってない。

一之瀬のグラスからはワインが殆《ほとん》どなくなっていたけれど、一杯くらいで酔ったとは思えない。ほぼ素面《しらふ》で…しかも、真剣に言っているのが伝わって来て、すぐ傍にいるのが辛《つら》くなってくる。

「…ええと…。そうだ。確か、袋麺があったはず…」

話が厄介な方向へ行く前に話題を変えるべきだと判断し、朽木は適当な言い訳をつけて立ち上がった。狭い部屋だから、台所であっても大差はないが、一之瀬の視線は避けられる。棚を開けて発見したインスタントラーメンを取り出し、一之瀬に食べるかと聞いた。

「それだけじゃ足りないだろ？」

「ありがとう。インスタントラーメンを食べるのは久しぶりだ。八ヶ岳《やつがたけ》以来だな」

「八ヶ岳？」

「八ヶ岳に登った時、知り合った登山者からごちそうになった」

一之瀬にとってのインスタントラーメンは非常食と同じ扱いなのだろう。そうかと乾いた笑みで相槌《あいづち》を打ち、朽木は鍋を取り出して湯を沸かした。

性的指向の違いだけでなく、一之瀬との間にはギャップがあり過ぎる。ゲイじゃないからつき合えないという理由では納得しそうにないから、個人間の格差を挙げるべきだと考えていると、「あ」という声が聞こえた。

「どうした？」

「すまない。ワインが零れてしまって…拭《ふ》くものを…」

「テレビの横の棚にボックスティッシュがあるだろう」

ちょうど湯が沸いたところだったので手が離せず、朽木は口だけで説明した。すぐに分かる場所なのでそれ以上は言わず、乾麺を鍋に入れた。丼を二つ用意して、出来上がったラーメンを取り分ける。

インスタントラーメンを作る時間など短いもので、その間、一之瀬が話しかけて来なくても不思議には思わなかった。丼を両手に持ち、「出来たぞ」と言いながら卓袱台へ運んだ朽木は、一之瀬がテレビの前に座って俯《うつむ》いているのに気がついた。

　卓袱台の上を見れば、一之瀬が零したらしきワインがそのままになっている。ティッシュが切れていたのかと考え、朽木は何気なく声をかけた。

「なかったのか？」

　だが、一之瀬から返事はなく、背を向けている彼が動く気配もない。もしかして気分でも悪くなったのだろうかと心配になり、朽木は四つん這いで一之瀬に近づき、彼の顔を覗き込んだ。

「どうしたんだよ？」

　一之瀬は腕組みをしてじっと床の上を凝視していた。厳しい表情はどきりとするほどの深刻さで、さっきまでとは全然違う。急に変調を来《きた》した理由が分からず、怪訝に思いながら一之瀬の見ている床に視線を落とすと…。

「…‼」

　そこに並べられていたものを見た朽木は絶句する。ボックスティッシュと同じ棚に置きっぱなしにしていたそれは…東から毎年送られて来ている年賀葉書だった。ティッシュを取ろうとした一之瀬がそれに気づき、床の上へ並べたのだと思われた。

　ざーっと血の気が引いていくような錯覚を覚え、朽木は真っ青になる。一之瀬から東の居所を追及された時、真っ先に頭に浮かんだのは年賀葉書の存在だった。押し入れから探し出した葉書からは役に立つような情報は得られず、棚に置いたままにしていた。

一之瀬が険相であるわけは聞かずとも明白だ。東とは連絡を取っていないと一之瀬には説明していた。事実、東が今何処で何をしているのか、朽木は全く知らない。ただ、正月になると一方的に葉書が送られてくるだけだ。住所も名前さえも書かれておらず、「元気か？」という一言だけが添えられた葉書には、東の居所に繋がる情報など含まれていなかった。

だから、一之瀬には葉書の存在を言わないでいたのだけど、彼がそれを並べて凝視している意味はよく分かる。自分が嘘を吐いていたと疑っているのだろう。朽木は葉書を仕舞っておかなかったのを激しく後悔しながら、床に並べられたそれに手を伸ばした。

だが、一之瀬は朽木の腕を摑《つか》んで行動を制する。強い力で摑まれ、反射的に一之瀬を睨《にら》んだが、彼の視線の方が強かった。

「なんだ、これは。東とは連絡を取ってないと言ってたじゃないか」

「それは…本当だ。卒業以来、会ってないし、何処で何をしてるのかも知らない」

「じゃ、この葉書は何だ？　この写真に写っている男は東だろう？」

確かに、東だ。反論のしようがなくて、朽木は眉を顰める。嘘を吐いていたつもりはないが、やはり葉書の存在だけでも一之瀬に話しておくのだったと反省し、「悪かった」と詫びた。

「見ての通り、住所とか書いてないから…東の居所に関する情報には繋がらないかと思って…話さなかったんだ」

「いつ送られて来たものなんだ?」

「毎年…正月に」

「毎年?」

「ああ。高校卒業してから…ずっと。これより前のものは処分してしまったが…」

あらぬ誤解を受けそうだと思ったが、この際正直に話してしまおうと思い、打ち明けた。朽木の予想通り、一之瀬は険相を更に深くして腕を握っている力を強くする。

「やっぱり東と…」

「ち、違うって! っ…痛い、一之瀬。離せよ!」

腕の痛みが限界になって来て、朽木は強引に一之瀬の手を振り払う。失敗したのは自分だと分かっているが、一之瀬に邪推されるようなことは一切ない。それに一之瀬だって東を捜すのは諦《あきら》めたと言っていた。

「…もう…いいじゃないか。ラーメン、出来たから。早く食べないと伸びるぞ」

強引に話題を切り替え、朽木は葉書を仕舞うのを諦めて、卓袱台の方へ戻った。小さく息を吐き、箸を手に取ろうとしたが、思ったよりも動揺がひどく食欲が失せている。振り返った一之瀬が強い視線を向けて来ているせいもあった。

「……」

疚《やま》しいことなどない。東にそういう性癖があったと知ったのさえ、最近だ。自分に言い聞かせるように繰り返したが、動揺は収まらず、そんな時にワインの入ったグラスが目に入った。アルドギルド以来、堅く禁酒を誓い、飲まずに来たけれど、気分を落ち着ける為だと思い、手を伸ばした。

ごくごくと一気飲みし、グラスを置く。久しぶりに摂取したアルコールは身体を熱くし、いい感じに緊張を和らげてくれた。ふう…と息を吐く朽木を、一之瀬は冷静な顔つきで見て、床に並べた葉書を拾い上げた。

「…ニューカレドニア……モーリシャス……モルディブ…」

一之瀬が呟《つぶや》く地名は、朽木が撮影場所として予想したものと同じだった。だが、それが分かったところで、そこに東がいるとは考えがたい。東の事情を知らなかった時は、毎年、南の島へ旅行できる東は優雅だなと思っていたくらいだった。

「共通点は…リゾート地ってところか…。高級リゾートには金持ちが集まるからな。あいつにとっては稼ぎ場所だ」

「…東がリゾート地で詐欺《さぎ》を働いてるって思ってるのか？」

「その可能性は高い」

「……。東を捜すのは諦めたって言っただろ」

もういいじゃないかと溜め息混じりに言う朽木を、一之瀬は鋭い目で見た。その目の色だけで、本当は諦めていないのがよく分かって、困った気分になる。どう言おうか悩む朽木に、一之瀬は手にしている葉書を突きだして尋ねた。

「本当のことを言えよ」

「本当って…」

「本当は東とデキてたんだろう？」

　一之瀬が真面目な顔で追及してくる内容は、やっぱりと嘆息したくなるもので、朽木は天井を仰《あお》ぎ見た。疲れ果ててしまい、誤解だと何度目かの弁明をする気力がすぐに湧《わ》かない。そんな朽木の隙を突き、一之瀬は彼の肩を摑んで床の上へ押し倒した。

　突然の出来事に反応出来ず、朽木はあっという間に組み伏せられていた。慌てて抵抗しようとしても、手足を押さえられ、身動きすらかなわない。

「っ…一之瀬…！　放せ…っ…て！」

「バージンだと思ったのも俺の勘違いか？　東のあと、つき合った奴がいなくて、だから初めてみたいな状態だったのか？」

「っ…！　バカなこと…っ…」

「そうだったなら、あの時、あれだけ感じてたのも納得出来る。東に可愛《かわい》がられた昔を思い出したんだろう」

「ふざける…のもっ…」

　冗談でもあり得ない台詞を向けられ、朽木はかっとなって一之瀬を突き飛ばそうとした。だが、拘束されている両手足は全く自由にならない。眉間に深く皺を刻んで睨みつける朽木を、一之瀬は冷静な表情で見返す。

「こんな葉書を隠していたのに、信じられると思うか?」

「だから…っ」

「信じて欲しいならキスしろよ」

「…!?」

どうしてキスなんて言葉が出て来るのか理解出来ず、朽木は益々顔を顰めた。一之瀬に信じて貰う為にキスするなんて、意味が分からない。そもそも疑われなきゃいけない事実は一切ない。

「な、何言ってんだ? キスって…」

「本当に潔白ならキスくらい、出来るだろう?」

「いや、ちょっと待て…」

その展開はおかしくないかと首を傾げる朽木の手を押さえ込んだまま、一之瀬は顔を近づける。怯えたような表情を浮かべる朽木の顔を上から覗き込み、「どうする?」と迫った。

「……」

どうするも何も…ありもしない疑いを晴らす為にキスをするなんて、理解不能の話だ。つき合ってられないと思い、朽木は身体に力を込めて一之瀬の下から逃れようとする。しかし、一之瀬の腕力の方が圧倒的に勝っていて、何ともならなかった。

「っ…はあ…っ」

必死で抵抗を試みたせいで、一気飲みしたワインが回ってくる。久しぶりに飲んだせいもあり、頭がくらくらするのを感じながら、荒い息を吐き出した。

一之瀬は自分をからかっているのだろうかと訝しくなるが、すぐ近くにある彼の顔に笑みはない。真剣に東との関係を疑っているように見える。本当に何もないのだと繰り返したところで、一之瀬は信じない気がした。

「……」

元はといえば、非は自分にある。反省の意味合いも込めて、朽木は「分かった」と答えた。一之瀬とキスなんて冗談じゃないと思うものの、初めてというわけではない。実際、キス以上のこともしてしまっている。二人きりで、誰かに見られる恐れもない場所なのだから…と自分を納得させた。

朽木が了承したのを受けて、一之瀬は手を押さえていた力を緩めた。朽木は自由になった右手で一之瀬の肩を摑んで頭を上げ、すぐ傍にある一之瀬の唇に、触れるだけの軽いキスをする。一瞬で離れた口付けは、罰ゲームみたいな代物《しろもの》だった。

「…これでいいだろ」

仏頂面で睨みながら、ぶっきらぼうに言う朽木に一之瀬は苦笑を返す。起き上がろうとする朽木を阻止し、至近距離から瞳を覗き込んで低い声で囁《ささや》いた。

「朽木のキスとは思えないな」

「な…に言って…」

「朽木がどんなキスをするか、教えてやろうか」

要求は飲んだのだし、これ以上、一之瀬とキスをする必要はない。冗談じゃないと抵抗しかけたのに、唇を塞《ふさ》がれて身体が固まる。皮膚が触れ合っただけのキスとは違う、明確な意図を持った口付けは朽木を焦らせた。一之瀬のキスが巧みなのはよく分かっている。

だから、すぐに止めなきゃいけないと思うのに、上から押さえ込まれているから身動き出来ない。その上、身体が反射的に一之瀬のキスを受け入れていた。一之瀬がくれる快楽を覚えている身体が、駄目だと思う理性を乱暴に蹴散らす。

「んっ……」

緩く下唇を吸い、舌先で舐《な》められる。扇情的な動きに堪らなくなって、閉じていた口がゆっくり開いていく。中へ入って来る一之瀬の舌と、最初はぎこちなく触れ合っていたものの、大胆な動きに変わるまで時間はかからなかった。

「…っ…ふ……んっ…」

一之瀬とのキスで得られる快感は、ずっと味わっていたいと思える極上のもので、朽木はすぐに状況を忘れてしまう。動揺して一気飲みしたワインが効いているのだと思いたかったが、それだけじゃないのも分かっていた。

さほど酔っていなくたって、一之瀬がくれる快楽を欲しいと思っている。本当は…いけないことなのに。

「…ん……っ……は…あ」

一頻《ひとしき》り口付け、離れていく一之瀬の唇を、朽木は惜しむように視線で追いかけた。そんなつもりはなかったのに、物欲しげに見つめていたのは事実で、苦笑した一之瀬にからかわれる。

「そんな目で見るな」

「っ…な…に言って…」

「朽木はキスが好きだな」

ふっと鼻先で笑い、再び一之瀬が唇を重ねて来る。キスが好きだなんて、違うと否定したい気持ちはあったけれど、それよりも一之瀬のキスを望む心の方がずっと大きかった。再び忍んで来る一之瀬の舌を喜んで受け入れ、淫《みだ》らに絡ませる。自ら口付けを激しくしているのは分かっていたが、恥じるよりも欲求の方が強かった。

「…んっ…ふ……っ」

一之瀬との口付けに溺《おぼ》れ、欲望のままに行為を淫らにしていった朽木は我を失いかけていた。もっとと望む心を抑えられない。このまま続けちゃいけないと頭の隅で思っていたが、行動には結びつかなかった。

そんな時、一之瀬がふいに動きを止めた。それで朽木もはっとして、目を開ける。

「……」

間近にある一之瀬の顔は困ったような渋面になっており、「すまない」と詫びた。その意味はすぐには分からなかったが、彼が懐からスマホを取り出すのを見て、納得した。同時に、一気に熱が引き、冷静な思考が戻って来る。

「…はい。………ああ…はい、カリブ海の…ですね。…分かりました。では、一度本省で……はい、すぐに伺います」

一之瀬が話すのを聞きながら、猛烈な後悔に襲われていた朽木は、彼の下から抜け出して起き上がった。一之瀬に背を向けて座り、両手で頭を抱える。一之瀬とキスなんて冗談じゃないと思っていたのに、すぐに溺れて夢中になってしまった。

絶望的な気分で項垂《うなだ》れる朽木に、通話を終えた一之瀬は申し訳なさそうに謝る。

「すまないが、行かなきゃいけなくなった。折角、作ってくれたのに悪いが…」

「…いいから…。…行けよ……」

一之瀬の顔が見られず、背を向けたまま促す。一之瀬が強引に仕掛けて来たとはいえ、自ら応えてしまっていた自覚がある。もっとしたいと望んでいたのも事実だ。そんな自分に絶望する朽木に対し、一之瀬は真面目な声で「朽木」と呼びかけた。

「…なんだよ?」

「俺はかなり嫉妬《しっと》深い質《たち》なんだ。…浮気するなよ」

「っ…!?」

嫉妬深いというのはともかく、浮気という言葉には納得がいかず、朽木は眉を顰めて振り返った。浮気というのは関係があってこそ、成り立つものだ。自分と一之瀬の間に介在する言葉じゃない。勘違いするなと釘を刺そうとしたものの、一之瀬は既に立ち上がり、玄関へ向かっていた。

「おい…っ…」

「帰国したらまた電話する」

靴を履きながら宣言し、一之瀬は朽木の話は聞かないまま、帰って行った。帰国したら…ということは、また海外に出かけて行くのか。忙しい男だと呆れると共に、自分のことなど忘れてくれと心の中で強く念じた。

「…はあ…」

一人になった部屋に、深い溜め息が大きく響く。卓袱台の上を見れば、伸びきったラーメンよりも自分が空にしたグラスが目に入った。飲んだのはワイン一杯だけだ。久しぶりのアルコールだったとはいえ、前後不覚なまでに酔う量じゃない。

つまり、自分はほぼ素面の状態で、一之瀬とあんなキスを交わしていたことになる。

「っ……」

強烈な後悔に襲われ、朽木は髪の毛をかきむしった。酔っ払ってキス魔と化してしまった時も、死にたいような気分になったが、今回のは違った意味で死にたくなった。男とキスするなんて、本当はまっぴらごめんの筈なのに、しっかり感じて自分から求めていたのだから質が悪い。

まさかと思いたいが、本当はそういう気《け》があるのだろうか？　そんな疑いを浮かべた朽木は、力なく首を振り、弱々しい声で「あり得ない」と呟いた。

一之瀬が帰って行った後も悶々《もんもん》と考え続けていた朽木は、結論として、極力一之瀬とは会わないようにするしかないと思い至った。一之瀬からの電話には出ず、再び部屋に押しかけられたら、自分の方が部屋を出る。どんな形の誘いも全て断ろう。一之瀬との接触を断つのが一番の方法だと、自分の甘さを切り捨てる決意をした。

悲痛な思いを抱き、出社した翌日。朽木は意外な相手から呼び出しを受けた。

「生方《うぶかた》部長が？」

「はい。係長が戻ったら来て欲しいと、伝言を残していかれました」

午前中で済む予定だった社外での打ち合わせが長引き、朽木は二時過ぎに社へ戻った。部署にいた井上から、上司である安全推進部部長の生方が訪ねて来たと聞き、首を傾げる。直近の上司である渥美《あつみ》課長とはよく顔を合わせるけれど、生方とは大きな会議やトラブルなど、特別な用がない限り、顔を合わせない。呼び出される心当たりもなくて、朽木は怪訝に思いつつ、生方の下を訪ねた。

部長室は別のフロアにあり、階段を使って上階へ向かう。ノックをして返事のあったドアを、「失礼します」と言いながら開けた。

「朽木です。何かご用でしたでしょうか？」

「おお、朽木くん。お疲れ。そこへ座ってくれ」

部長室には小ぶりの応接セットが置かれており、朽木は勧められた椅子に腰掛けた。生方の顔を見ながら、彼と会うのはアルドギルドから戻って来た時以来だなと思い出す。思わぬ行き違いでアルドギルドに取り残された朽木は、帰国したら叱《しか》られるのではないかと恐れていたが、逆によくやったと褒められてほっとした覚えがある。

「元気そうだな。アルドギルドの疲れは取れたかね」

「はあ…」

上司とはいえ、現場に関わっていない部長というのは課長以上に呑気なものだ。あれからどれだけの月日が経って、その間に新たなトラブルがどれくらい起こったのか、分かってないいんだろうなと遠い気分で思いつつ、適当に相槌を打つ。

それに、生方の世間話よりも、彼が手にしている封筒の方が気になった。生方は自分の机から移動してくる際、大振りの封筒を持って来た。テーブルの端に置いたそれが…呼び出した理由なのだろうかと憶測しつつ、朽木は用件を聞く。

「わざわざ欧米係の方まで来て頂いたようですが…何かありましたか?」

「いやね。ちょっと……プライヴェートな話でもあるんでね」

「プライヴェート」

生方がにやりと笑って言った言葉を、朽木はオウム返しに繰り返す。生方からの呼び出しと聞き、仕事面での問題が思い浮かばなかったので、人事的な相談の類《たぐ》いかと考えていた。異動という言葉は予想しても、プライヴェートと来るとは思ってもいなかった。

それに生方からの「プライヴェートな話」というのは全く想像がつかない。怪訝な思いで話を待つ朽木に、生方は横に置いた封筒を差し出す。

「まあ、こういうのは見て貰った方が早いだろう」

「……見るって……この中身ですか?」

早く開けろと言いたげに、生方は笑顔で封筒を朽木の方へ押しやる。まどろっこしいなと思いつつ、朽木はぞんざいに封筒を引き寄せ、中身を取り出した。白い封筒の中には合皮が張られた薄いアルバムが入っており、何気なく開いてみると振り袖姿の女性が写っていた。

「………」

まさかという思いと、もしやという思いがごっちゃになって、声が出なかった。目を見開いたまま写真を凝視する朽木に、生方はにやついた笑みを浮かべて説明する。

「綺麗なお嬢さんだろう。それは成人式の写真でね。今はもうちょっととうがたってるんだが、ほとんど変わってないそうだから安心してくれ」

「…あ、あの、部長。これは…」

「パンダ航空の荒畑《あらはた》専務、覚えてるか？」

唐突に出て来た名前はまだ記憶に新しいもので、朽木は戸惑いながらも頷く。パンダ航空の荒畑はアルドギルドに足止めされたツアー客の一人で、現地まで迎えに行った朽木も面識がある。相手が関連会社の重役ということもあり、帰国してから生方や渥美と共に一度、挨拶《あいさつ》に行った。

その荒畑の名がどうして出て来るのか。不思議に思う朽木に、生方は彼が手にしている写真との関係を明かす。

「それ、荒畑専務のお嬢さんなんだ」

「えっ！　そ、そうなんですか…」

驚いて手元に視線を落とした朽木は、改めて写真の女性を観察した。色白の面長で、美人というわけではないが、愛嬌《あいきょう》のある顔立ちではある。確か、荒畑とアルドギルドに同行していた妻がこんな顔をしていたはずだ。着物姿だから分かりにくいものの、背格好もあんな感じなのだろうなと、小柄でふくよかだった妻を思い出していた。

そんなことを考えつつ、写真を見ていた朽木に、生方は「どうだ?」と聞く。

「……」

何が「どう」なのかと問い返すつもりはなかった。朽木だって三十を過ぎた大人である。成人式のものだというが、こういう写真を見せられて「どうだ?」と聞かれる意味が分からないわけがない。

静かに閉じたアルバムを封筒に戻しながら、朽木は決まり文句を口にした。

「折角ですが、俺にはもったいない話です。部長もご存じだと思いますが、俺はバツイチというやつなので、こういうお話は…」

離婚歴のある自分は相応《ふさわ》しい相手ではない。黄金の逃げ口上で断ろうとしたものの、生方は「安心しろ」と返して来た。どういう意味かと訝しむ朽木に、声を潜めて伝える。

「専務のお嬢さんもバツがついてる」

「………」

つまり…これも訳あり物件か。思わず、眉を顰めつつも、朽木は「ですが」と続けた。

「まだお若い方ですから、幾らだってお相手がいますよ。俺なんかに…」

「専務と奥さまがアルドギルドでのお前の活躍を高く買ってらしてな。是非にと頼まれたんだ。

一度、会うだけでも会ってみないか?」

「いや、ですから…」

「お嬢さんの方はお前の写真を見て、非常に乗り気だそうだ。よかったな、朽木。やっぱり男も『顔』だな」

「……」

干涸《ひか》らびたうつぼのような顔をしている生方に、ひがみっぽい言い方をされ、朽木は何も返せなかった。顔で得したことなど一度もないと、心中だけで憤慨しつつ、「とにかく」と生方へ写真入りの封筒を差し戻す。

「専務のお嬢さんなんて、俺には釣り合いの取れない相手です。お断り…」

「いいか、朽木」

長いものに巻かれるのが大好きな生方には決して断りたくない話だったのだろう。断ろうとした朽木の台詞を奪うようにして、強い調子で話しかける。しかも、その内容はパワハラ紛いのものだった。

「よおく自分の状況を考えてみろ。お前は左遷同然で安全推進部に来て、このままじゃ、定年までうちにいるしかないだろう。お前のとこの渥美くんが定年になったら、年齢的に多和田《たわだ》くんが課長になる。次がお前だが、多和田くんとお前の年齢差は五歳だ。つまり、お前は五十五を過ぎても係長っていう公算が高い。このままずうっと係長なんだぞ?」

「…………」

「それがここへ来て一筋の光が差し込んで来たんだ。荒畑専務はパンダ航空はもちろん、うちにも強く顔がきく。専務のお嬢さんと結婚したとなれば、営業部に戻れる可能性は高い。お前次第で万年係長から、将来は取締役まで上れるコースにも乗れるかもしれない。こんないい話、断るバカが何処にいる？」

「……」

ここにいます…と答えそうになったのを、朽木はぐっと飲み込んだ。一応、十年以上、サラリーマンとして勤めている。こういう場面では余計な発言は慎んだ方がいいと判断し、何もコメントせず「失礼します」と言って席を立った。

そんな朽木に生方は写真の入った封筒を押しつける。受け取る受け取らないでまたひともめしたのだが、部下であるのを考慮し、朽木は仕方なく折れて封筒を手にした。だが、会う会わないは別の話だとだけ言い残した。

「俺は結婚とか、考えられる余裕はありませんから。断る方向で話を進めて下さい」

「分かった、分かった。あ、朽木。言い忘れてたが、専務のお嬢さんには『オプション』がついてる」

さらりと生方がつけ加えて来た言葉の意味が、朽木にはすぐには分からなかった。オプション？　と聞き返す朽木を、生方はちらりと見て「子持ちだ」と小声で言った。

「……。失礼します」

何処が「いい話」なのかと苛つく気持ちが、ドアを閉める手につい表れた。バタンと大きな音を立ててしまい、社会人として修業の足りない自分を反省しつつ、重い気分で欧米係の部署へ向かった。


訳あり物件には訳ありの住人を、という考えか。何となく納得出来るような、出来ないような。複雑な思いで廊下をとぼとぼ歩き、欧米係へ戻った朽木は、またしても自分を待つ人物に遭遇した。今度は隣のアジア・オセアニア係で係長を務める多和田が、朽木の帰りを待っていた。

「よ、朽木。部長、何だって?」

「多和田さん。いや、野暮用です。それより、何かあったんですか?」

多和田のアジア・オセアニア係はパーテーションを隔てた向こう側にあるのだが、多忙なこともあり、こうして顔を出すのは珍しい。何か用があるのは分かっていて、朽木は見合い写真が入った封筒を自分の机へ置きながら尋ねた。

「それがな。困ったことになった」

「困ったこと?」

「渥美課長が入院したんだよ」

空いている席に腰掛けた多和田は、頭の後ろで手を組んで、つまらなそうに言う。困った…と聞いた時点で、仕事関係のトラブルを思い浮かべた朽木は、ちょっとほっとして「そうですか」と相槌を打った。

　渥美には悪いが、彼が入院したところで朽木の業務にさして影響はない。渥美はいつだって現場に丸投げで、余計な口出しはすれど、役には立たない。だが、それは多和田も同じのはずで、彼がわざわざ話に来るほどのことではないように思えた。廊下などで会った時の立ち話程度で十分だ。

　となると…もしかして、深刻な病気なのだろうか。そうだったら気軽に考えてはいけないなと気を引き締め、病状を聞く。

「もしかして…重いんですか？」

「いやいや。例の椎間板《ついかんばん》ヘルニア。手術するんだって」

「はあ」

　手術というのは大変そうだが、生死に関わるような病気だとは思えない。ならば、多和田が何故…と不思議に思う朽木に、彼は渋い顔つきで困った状況を説明する。

「まあ、課長が一週間や二週間いなくてもどうってことはないんだけど、タイミングが悪いんだよ。ほら。カルディグラで開かれる国際会議に、明後日から出かける予定だっただろう」

「ああ…そう言えば、そうですね」

多和田が言う国際会議というのは、世界中から旅行社の危機対策担当者が集まり、テロや内乱、自然災害に事故など、不測の事態にどう対応すべきかという課題について話し合う会議のことだ。隔年で開催されるその会議に、日本からも複数の旅行社の担当者が参加するが、ＰＪＴからは渥美が行くことになっていた。

渥美は現場では役に立たないものの、会議などに出席するのは得意だ。今回は特に、カリブ海の高級リゾート地としても知られる小国で開かれるので、プチバカンス気分だと浮かれていた覚えがある。

「課長、楽しみにしてたのに残念でしたね」

「それでな。穴開けるわけにもいかないから、俺かお前のどっちかが行かなきゃいけないんだけど…」

予想もしていなかった展開にはっと驚く朽木に、多和田は間髪《かんはつ》入れず「頼むな」と愛想笑いを浮かべて押しつける。とても「はい、分かりました」とすぐに頷ける内容ではなくて、慌てて反論した。

「ちょ、ちょっと待って下さい。そんな会議なんて…俺より多和田さんの方が向いてるでしょう。多和田さんの方が年上でキャリアも長いんだし」

「いやいや。アルドギルドの一件でお前は一躍時の人だよ。話を聞きたがってる同業者も多いからさ」

「時の人って……ただ飛行機に乗り遅れただけじゃないですか。それより、うちは人数も少ないんで、長期間留守にするとか無理ですから。カルディグラじゃ、二泊三日くらいで帰って来られないでしょう」

「そうだな。会議の後、カルディグラ政府からの要請で観光客を誘致する為の見学ツアーとかが組まれてるようだから、一週間はかかるだろう」

「無理です」

そんな長い期間、留守にするわけにはいかないと、朽木が真剣な表情で断った時だ。二人の話を傍で聞いていた井上が声を上げる。

「係長。心配しなくても大丈夫ですよ。留守は俺たちに任せて行って来て下さい！」

「……」

余計なことを…と井上を睨んでみたものの、やる気に溢《あふ》れた表情を見て、逆に怯んでしまった。このところの井上は生まれ変わったかのようなのだが、それが裏目に出たと、朽木は内心でほぞを噛む。そして、井上の発言は多和田にとっては渡りに船だった。

「ほら。井上くんだってこう言ってくれてることだし」

「ですが…」

それでも大して重要だとは思えない会議に一週間も予定を潰《つぶ》されるのは勘弁して欲しくて、

何とか言い張ろうとした。渥美のように物見遊山《ものみゆさん》気分で海外出張を楽しめる性格ではない。けれど、多和田が声を潜めて告げて来た内容に、ぐうの音も出なくなる。

「頼むよ、朽木。会議の期間中にちょうど、息子の運動会があるんだよ。去年も仕事で見に行けなくてさ。今年も行かなかったら離婚されそうなんだ」

「……」

「頼む。うちの家庭を助けると思って」

そんなことを言われたら…バツイチ、独身男としては頷くしかない。朽木はうんざり気分で「分かりました」と返事をしつつ、深い溜め息を零した。


子供の運動会なんて、自分には縁がない話だ。子供の活躍をホームビデオに収める自分…なんてのは想像もつかない。一度は結婚して家庭を築こうとしたのだって、今は昔、どういう精神状態だったのかと首を傾げるくらいなのだ。

そんな自分が子供のいる女性と結婚など……。

「出来るわけないよなあ」

思わず、声に出して呟いてしまい、朽木ははっとして周囲を見回した。幸い、近くに人影はなく、軽く肩を竦めて紙コップのコーヒーに口をつける。窓の向こうには多くの飛行機が駐機しており、忙しなく離発着を繰り返している。

渥美の代打で会議へ出席することが決まってからは非常に慌ただしかった。一週間分のアポイントを全てずらさなくてはならなくなり、丸一日、各方面へ詫びの連絡を入れた。望まざる出張に出かけなくてはならなくなったのは億劫《おっくう》だったが、田川と井上が絶好調であるのをありがたく思うことにして、二人に留守を任せた。

それに生方からの厄介な話を断るのにもちょうどいいと思った。生方が返事を催促してきたとしても、長期出張中を理由に先延ばしに出来る。その間に話が立ち消えになる可能性だってある。

朽木が出席する会議はカリブ海東部にあるカルディグラという小国で開かれる。日本からカルディグラへ行くには何回も乗り換えをこなさなくてはいけない。渥美が用意していたのは、羽田《はねだ》からNY、NYからマイアミ、マイアミからジャマイカのモンテゴベイ…モンテゴベイからカルディグラの首都、カルディへ向かうというルートだった。実に回りくどいが、時差を利用すれば途中宿泊せずとも同日中に到着出来る。

「こんな遠いとこ、あの人、腰痛抱えてどうやって行くつもりだったんだろ…」

渥美がプチバカンスだと浮かれていた時は他人事《ひとごと》だと思って考えもしなかったが、長時間のフライトに複数回の乗り換えは健康な身の上にも大変だ。渥美は腰痛を理由にアルドギルドへ行くのも押しつけて来たというのに、リゾート地という魅惑に目が眩《くら》んでいたとしか思えなかった。

出発の時刻が近づき、搭乗が始まったというアナウンスを耳にした朽木は、残っていたコーヒーを飲み干して紙コップを捨てた。ゲートに向かう途中、携帯の電源を落としておこうと思い、ポケットから取り出したのだが、思うところがあってじっと見つめてしまう。

「………」

そう言えば…昨夜、一之瀬が電話に出た際「カリブ海」と口にしていたような気がする。すぐ近くで話していたのに、動揺がひどかったせいで記憶が曖昧だった。

「あいつもカリブ海に…？」

もしかして行き先が被っているのだろうかと厭な予感に囚われたが、まさかと思い直して緩く首を横に振った。考えすぎだ。大体、カリブ海と一口に言っても範囲は広く、多数の小国がひしめき合っている地域だ。その中でも自分が行くカルディグラはメジャーとは言いがたい小国だし、バッティングする可能性はかなり低い。

それに万が一、一之瀬と会ったところで、関わり合いにはならないと決めたのだ。堅く意志を貫き通すぞと、決意し直して、電源を落とした携帯をデイパックに仕舞った。

羽田《はねだ》からＮＹ、ＮＹからマイアミと順調に乗り換えをこなし、カルディグラの首都、カルディに到着したのは、羽田を出た日の午後六時近くだった。長時間のフライトと複数回の乗り継ぎには、渡航慣れしている朽木《くちき》も疲労困憊《こんぱい》だった。

カルディグラは面積が六百キロ平方メートルほどの、日本で言えば淡路島《あわじしま》ほどの大きさの島を中心とする小国だ。カリビアンブルーの海と白い砂のビーチが有名であるが、最近ではＩＴ産業の招致にも熱心で、ＩＴ立国としても世界の注目を集めている。人口は十万人ほど。目立った資源は有していないものの、観光とＩＴでほどほどに潤っている。

無事、カルディ空港に着陸した飛行機のタラップから降り立つと、生ぬるい風が身体を覆う。南の島特有の温んだ空気は悪くないもので、朽木は気分を切り替えた。急な代打として来ているのだし、会議で何か収穫して帰らなくてはいけないわけでもない。ここは一つ、渥美《あつみ》の言葉を借りるわけじゃないけれど、プチバカンスだと思ってそれなりに楽しんでもいいんじゃないか。気軽に考えようと決め、入国審査を終え、預けていた荷物を受け取った。

タクシーに乗る為、空港の表玄関から出た頃には、外は薄暗くなっていた。時刻は七時を過ぎ、会議場近くのホテルまで車で三十分ほどかかる。着いたら寝るだけだなと思いつつ、スーツケースを引いてタクシー乗り場へ向かおうとした朽木は、「あの」と呼びかけて来る声に足を止めた。

振り返れば、朽木と同じ三十代前半から中頃であろう、日本人男性が立っていた。黒縁の眼鏡《めがね》をかけており、マドラスチェックの半袖シャツに、チノ素材のハーフパンツをはいている。

全体的に小洒落《こじゃれ》た印象のある男で、周囲に連れの姿はなく、一人旅のようだった。

「何か？」

「もしかして、会議に出席される方ですか？」

男はどういう会議かは言わなかったが、リゾート地として名高い島で開かれる会議もそうはないだろうと思い、朽木は頷《うなず》いた。「旅行社から…？」と尋ねると、男は嬉《うれ》しそうに頷く。

「はい。ラビット旅行社の上杉《うえすぎ》と言います」

「ああ、ラビトラさんですか。自分はＰＪＴの朽木です」

ラビット旅行社はＰＪＴよりも規模は小さいが、個人向けのパッケージツアーを得意としている会社だ。ラビトラという略称で親しまれており、うさぎと虎が出て来る特徴的なＣＭでも有名である。

「ＰＪＴさんでしたか。よろしくお願いします。宿泊はどちらですか？」

「ラウンド・マリナーズベイです」

「僕も同じです。よろしければご一緒しませんか？」

行き先が同じなのだから断る理由はなくて、朽木は快く頷いた。タクシー乗り場で待っていたタクシーに二人分のスーツケースを積み込み、ラビトラの上杉と共に後部座席へ乗り込む。

カルディグラは元々、イギリスの植民地だった歴史があり、英語を公用語としている。英語が通じるのはありがたく、行き先も気軽に告げられた。

旅行社に勤務しているのだから旅慣れていると考えがちだが、実はそうでもない人間がいたりする。上杉はその一人だった。

「朽木さんに会えてよかったです。外国で一人でタクシーに乗るなんて、どうしたらいいのか分からなくて困ってたんです」

「……。あの…上杉さん、ラビトラの方なんですよね？」

まさか聞き間違えたのかと思い、確かめる朽木に、上杉は慌てて自分の事情を説明する。

「すみません。僕、転職組で…旅行とか、全然したことないままラビトラで働くようになったので、海外ってほぼ初めてなんです。一回だけ、前に勤めてた会社の社員研修でソウルに行ったことがあるんですけど…」

「でも、会議に出るくらいなんですから…」

「それが…出る予定だった担当者が直前に食中毒になっちゃいまして。それで急遽《きゅうきょ》、行ける人間はいないか社内で捜したみたいなんですけど、余りに急な話で誰も予定が合わなくて…結局、僕のところに話が来ちゃったんです」

「…ということは、上杉さんは普段、危機対策関係の仕事をしているわけでは…」

「全く関係ないです。広報でウェブサイト関係の仕事をしてます」

「……」

そんな人間を寄越して大丈夫なのかと危ぶんだけれど、自分だって同じようなものだ。渥美の代打で出席するものの、渡された会議関係の資料はまだ目を通してもいない。そもそも南の島で開かれるような会議だ。こんな人間ばかりなのだろうと嘆息し、朽木も経緯を打ち明ける。

「実は自分も代打なんです。上司が腰痛で」

「そうなんですか。益々よかったです。聞いてるだけでいいからと言われたものの、僕みたいな素人が会議なんていいのかなって心配してたんで」

「何とかなると思いますよ」

ははは…と軽い調子で笑って、タクシーの窓から外を見ると、真っ暗な中にも南の島らしい木々が揺れているのが分かる。朝になったらカリビアンブルーと呼ばれる、真っ青な海も見られるだろうかと想像しながら、ホテルを目指した。


上杉との出会いは会議に対する気構えを緩ませてくれたけれど、別の面倒を生んだ。初めての海外出張で、上杉は朽木を頼ると決めたらしかったのだ。

「朽木さん、こっちです！」

「……」

翌朝。会議前に食事をしようと思い、レストランを訪れた朽木は、窓際の席から大きく手を振って自分を呼ぶ上杉を見て、引きつり笑いを浮かべた。昨夜、ホテルに着いた後も、一緒に食事をしようと誘われ、上杉とテーブルを共にした。こっちです…と言われている以上、無視するわけにもいかず、朽木は仕方なく上杉のテーブルに近づいた。

「おはようございます。あの、俺はあっちで…」

「どうしてですか？　折角ですから、一緒に食べましょう。ここからの眺め、とってもいいですよ」

それとなく同席を遠慮しようとしても、やんわりと制する上杉に悪気は全くない。昨夜、話している中で知ったのだが、自分と同年代くらいだろうと思った上杉は実は若く、井上と同年代だった。ジェネレーションギャップ…とまではいかなくとも、どうも温度差がある。懐かれるのに正直辟易《へきえき》していたものの、冷たくしきれないのが朽木だ。

「……。食事を取って来ます」

「朽木さん、パンケーキ、美味《おい》しいですよ」

小さな情報を教えてくれる上杉に内心で溜《た》め息《いき》を吐《つ》き、料理の並んでいるコーナーへ向かう。色とりどりのフルーツや、美味しそうなパン、かりかりに焼けたベーコンなどは高級ホテルならではの豪華さだ。

フライトだけでなく、ホテルの予約も渥美が押さえていたものをそのままスライドしたのだが、驚くくらいの高級ホテルだった。経費だと思ってこんな贅沢《ぜいたく》を…と渥美の横暴ぶりに呆《あき》れたものの、上杉から裏情報を聞いて納得した。今回の会議にはカルディグラ政府が観光開発の目的で多額の援助をしており、旅行社の担当者にもその恩恵が回って来ているのだという。高級ホテルへの滞在費用もカルディグラ政府が負担しており、その分、カルディグラへのツアー客を増やしてくれという意味合いが含まれているらしい。

普段の質素な朝食とは比べものにならない盛りだくさんの皿を手に、上杉がいるテーブルへ戻ると、ボーイがコーヒーを注《つ》ぎに来てくれる。上杉の言う通り、そのテーブルからはカリブ海が一望出来、現実だとは思えないくらい真っ青な海が広がっていた。

「今日は会議が終わったら政府主催のパーティがあるんですよね」

「そうみたいですね。会議場近くのホテルでしたっけ」

ここです…と、上杉はすかさず自分のスマホで検索して見せて来る。ラビトラに転職する前はIT関連の会社にいたというだけあり、スマホだのタブレットだのモバイルだのを幾つも持って来ており、食事の席にも当然のように持ち込んでいる。

差し出された画面をちらりと見て、「はあ」と頷く朽木に、上杉はカルディグラはIT環境が素晴らしく整っていると絶賛する。

「ネットでも高い評価をつけてる人が多かったんですが、ほんと、天国みたいな国ですよ。何処《どこ》でもフリーで電波使えるし、処理速度も速くて、とても島とは思えません」

「ここはIT関連企業の誘致で成功してるでしょう。だからじゃないですか」

「そうでしょうね。こんな海の綺麗な場所で仕事出来るなんて、最高ですもんね」

その意見には「確かに」と頷き、朝食を食べ終える。スマホを見てばかりで食事の進んでいない上杉に、時間がないとそれとなく注意し、先に部屋へ戻ると告げた。

「あ、朽木さん。会議場まで一緒に行きましょう。何時にしますか？」

「…じゃ、三十分後にロビイで」

上杉を振り切るよりもつき合っていた方が気苦労が少ないと考え、朽木は諦《あきら》め気分で返事した。部屋で用意を済ませて、約束した時間にロビイへ向かう。上杉は時間を守るタイプで、既に来ていたから、タクシーで会議が開かれるコンベンションホールを目指した。

朽木たちが泊まるホテルの周辺には他にも高級リゾートホテルが幾つも建っており、各国から訪れている会議参加者は分散して泊まっているようだった。その中心辺りに建つコンベンションホールは中規模のものだったが、設備は新しく、立派な建物だった。初日であるその日は主催者側が招いたゲストの講演が幾つか入っており、夕方まで眠気と闘いながらそれを聞いて過ごした。

予定が終了したのは午後五時近くで、それからカルディグラ政府主催の歓迎パーティが開かれるホテルへ移動した。パーティ会場では他にも日本から参加している旅行者の担当者数人と一緒になったので、上杉の相手をする気苦労が紛れるかもと思ったのだが、別の厄介ごとが待っていた。

「ＰＪＴの朽木さんって…あの、朽木さんですか？」

「……」

互いの自己紹介を済ませた後、朽木はマウントツアーズからの参加者に驚いたような目で見られた。マウントツアーズと聞いた瞬間、もしや…と思った予感が当たったというわけだ。

「この前の…アルドギルドで内乱が起こった時、向こうに取り残された担当者の方ですよね？」

「……はあ……」

「ええっ。あれ、朽木さんだったんですか」

「道理で…どっかで聞いた名前だなあと思ってたんです」

「大変でしたねえ」

多和田《たわだ》からも「時の人」などとからかわれたが、やはり業界の人間はしっかり覚えてるんだと改めて思い、朽木は神妙な表情を浮かべた。上杉が自分を知らなかったのは、彼が今回の会議とは無関係の部署にいるせいだろう。

「朽木さんって…そんなすごい経験の持ち主だったんですか」

「いや…すごいってわけじゃ…。ただ単に飛行機に乗り遅れただけですから」

実は間抜けな話なのだと、驚く上杉に説明するが、周囲はよく無事に帰って来られたとはやし立てて来る。アルドギルドの話をすれば、どうしたって一之瀬《いちのせ》の顔が思い出される。出来るだけ一之瀬を思い出したくなかったし、突っ込んだ話もしたくなかったので、来賓のスピーチが始まったのを利用して、それとなく席を外した。

「ふう…」

パーティ会場を出ると、自然と溜め息が漏《も》れた。つき合いで来ただけで、出ても出なくても構わないパーティだ。このまま宿泊先のホテルへ戻ろうかと考えたが、上杉を一人残していくのも可哀想に思え、しばらくラウンジで時間を潰《つぶ》すことにした。

パーティが終わった頃、上杉を拾って帰るとしよう。そう決めてラウンジへ向かうと、外のテラス席へ案内される。既に日は落ち、青い海は見えなかったが、空気は爽《さわ》やかだ。ゆったりとしたソファを独り占めして座る贅沢なロケーションは、酒を飲まないと決めているのが残念に思えるほどだ。

注文を取りに来たウエイターにアルコールが飲めないのを告げて、ジンジャーエールを頼んだ。間もなくして運ばれて来たグラスに口をつけ、ほどよい辛さを味わって飲んでいると、ふと何処からか見られているような感覚を覚えた。

「……」

不思議に思って周りを見るが、それらしき視線はない。テーブル同士の間が広く取られているし、テラス席にいるのは殆《ほとん》どがカップルで、互いの顔しか見ていないようだった。気のせいかと思い、朽木は再びグラスを持ち上げた。

「……っ」

その時、突然、背後から目隠しをされた。息を呑んで驚くのと同時に、どきりとする。外国だからそれが乱暴な仕草であったなら、犯罪の類《たぐ》いだとも考えられた。しかし、ソフトな触れ方はいたずらっぽいものだ。上杉が…？　とも思ったが、全くキャラじゃない。

誰がこんな真似を…と考えた朽木の頭に真っ先に浮かんだのは…一之瀬の顔だった。一之瀬ならやりかねない。まさか……一之瀬が…？　声も出せずに身体を竦《すく》ませた朽木は、背後から聞こえた声に眉を顰《ひそ》めた。

「誰だ？」

「………」

男の声だったが、これは一之瀬の声ではない。でも楽しそうな響きのする声は何処《どこ》かで聞いた覚えのある声だ。誰の声だったか…。考えても思い出せなくて、朽木は大きく息を吐く。相手が誰かを考える前に、子供じみた真似を先に止めさせようと思い、目隠しをしている手を摑《つか》んだ。

「…何をする…」

文句を言うと共に、誰なのかを合わせて確認しようとして背後を振り返った朽木は、そこにいた相手を見て硬直した。声に聞き覚えがあるのも当然だし、すぐに分からなかったのも仕方ない。

まさかとどうしてがごっちゃになって声が出ない。瞬きも出来ず、目を見開いたまま凝視する朽木に、目隠しをした男…東満《あずまみつる》は、にっこりと笑ってみせた。

「久しぶりだな。朽木」

嬉しそうに屈託ない笑みを浮かべる東は、昔と全然変わっていなかった。変わっていなさすぎて…逆に怖いようにすら感じる。これは夢なのか。日本から遠く離れた異国の地で、曰《いわ》くのある旧友と再会するなんて偶然が信じられず、朽木は呆然《ぼうぜん》と東を見つめたままでいた。


硬直したまま動けない朽木に対し、東の態度には余裕が見えた。朽木が座っていたソファ席にするりと滑り込むようにして座り、テーブルに頬杖《ほおづえ》をついて嬉しそうな笑みを浮かべる。

「元気そうでよかった」

「…あ、…ああ…」

なんて言えばいいか分からず、朽木は口籠《くちご》もったまま、東を凝視しながら言葉を探す。白い麻のスーツはとても上等そうに見え、それだけで東が裕福な生活を送っているのは明らかだった。左手に見える時計もかなり高級なものだと一目で分かる。

人好きのする笑みを浮かべた顔は、最初は高校の頃と全然変わっていないように見えたけれど、間近で目にすると十五年という歳月がしっかり刻まれていた。けれど、それは悪い意味ではなく、男としての魅力が備わったという意味で、だ。元々、目元に可愛《かわい》らしい印象があるアイドル系の顔立ちだったが、年を取ったことで余分な甘さが抜けている。

呆然《ぼうぜん》としている朽木の隣で、東はこなれた仕草でウエイターを呼んだ。モヒートを頼んでから、朽木が飲んでいたジンジャーエールのグラスを怪訝《けげん》そうに見る。

「なんだよ。朽木、飲めないのか？」

「い、いや…。仕事中だから…」

「飲めないわけじゃないんだな」

なら…と言い、東はウエイターにモヒートを二つ持って来るよう指示した。勝手に注文されるのも困るが、それ以上に東には聞かなければならないことが山ほどある。呆然としている場合じゃないと、朽木は自分を戒めて、大きく深呼吸した。

「どうしてここに…？」

まずはそれを聞くべきだろうと思い、理由を聞く朽木に、東は笑みを深めてどきりとするような台詞《せりふ》を吐いた。

「朽木に会いに」

「……」

何処かで聞いた台詞だ…と思い出せば、一之瀬の顔が浮かんで来る。ぞっとする偶然に引きつり笑いを浮かべ、朽木は「ふざけるなよ」と東を注意した。

「ふざけてないって。朽木、カルディ国際会議場でやってる会議に出てるんだろ？」

「なんで知ってる？」

「会議場の設営を任された会社に知り合いがいてさ。色々手伝ってたんだよ。それで日本の旅行社の人間も参加するって聞いて、リスト見せて貰《もら》ったら朽木の名前があって驚いた。今夜、ここで歓迎パーティをやるって話だったから、もしかしたら朽木に会えるかもと思って来てみたら、ビンゴだったってわけ」

東は嬉しそうに言うけれど、朽木はとても喜べなかった。一之瀬から何も聞いていなかったのなら、普通に再会を楽しめたのかもしれない。会いに来てくれてありがとうとも言えただろう。

しかし。一之瀬に聞いた東に関する情報が頭の中で回っていて、元気そうでよかったと声をかけることも出来なかった。詐欺容疑で追われ、国際手配もされていると聞いている。日本から遠く離れた小国とはいえ、こんなホテルのラウンジに堂々と出入りしていていいのかと心配になる。

表情を曇らせている朽木に気づいた東は、笑みを浮かべていた顔にすっと陰りを浮かべた。微《かす》かに眉を顰めて、「もしかして」と口にする。

「朽木、月桃《げっとう》の奴らからおかしな話を吹き込まれてないか？」

東の方から切り出して来たのに驚きつつ、朽木は重々しく頷いた。「おかしな話」と東が言うのは、投資詐欺に関する一件に違いない。一之瀬も被害を被《こうむ》ったという、フランスでの一件を確かめようと口を開きかけた朽木の横で、東は大仰《おおぎょう》に肩を竦めた。

「朽木の耳にまで届いてるなんて。いい加減にして欲しいな」

「だって、お前……」

「あれだろ。俺が投資詐欺を働いて、国際手配されてるとかいうやつじゃないの。朽木が聞いたのって」

まさにそれを確かめようとしていたところだったので、朽木は大きく頭を動かして頷いた。だが、東の物言いは事実ではないようなものだ。大きな溜め息を吐き、東が続けた説明も話を否定するような内容だった。

「そんなの嘘だって。おかしな噂《うわさ》立てられて、マジで困ってんだよ。この前、月桃で一緒だった他の奴にも聞かれてさ。誰が言いふらしてんだか知らないけど……ちなみに朽木は誰から聞いたんだ？」

「…俺は…。この前、同窓会でちょっと…」

一之瀬の個人名は出さない方がいいと判断し、咄嗟《とっさ》にごまかす。東は追及することなく、再度疲れたような溜め息を吐いた。

「勘弁して欲しいよな。それに…朽木までそんな噂、信じてたなんて正直、ショックだよ」

「でも…。お前に確かめたくても連絡先も分からないし…」

東に答えながらも、朽木の頭は混乱していた。東は嘘だと言い切るけれど、だとしたら、一之瀬の方が嘘を吐いていたことになる。どちらを信じるべきなのか。東が堂々としているだけに疑いをかけられず、迷いが生じた。

そこへウエイターが注文したモヒートを運んで来た。自分の前に置かれたグラスを見て、朽木は慌てて東に断る。

「東。俺は仕事中だから…」

「仕事って言ったってパーティだろ？　それに抜け出して来てたんじゃないのか？」

痛いところを突かれて朽木は反論出来なくなる。その上。

「いいじゃん。十五年ぶりの再会なんだぜ。一杯くらい、つき合えよ」

混乱は収まっていなかったが、十五年ぶりという言葉が胸に響いた。何が真実なのか、確かめられてはいないものの、久しぶりに会えたのは喜ばしい。朽木は小さな笑みを浮かべ、「一口だけな」と言ってモヒートのグラスを手にした。

「朽木との再会を祝して！」

明るく乾杯する東につき合い、グラスを掲げる。ミントの葉が贅沢に使われたカクテルは、爽やかなライムの味も伴って、とても口当たりがいい。浜辺に面したテラス席で飲むには最高の飲み物だ。

同じような甘さでもジンジャーエールとは全然違う。うまさに釣られて飲み過ぎないように気をつけなければと自分自身に忠告してグラスを置き、朽木は東に質問を向けた。

「会議場の関係者に知り合いがいるなんて、お前、カルディグラに住んでるのか？」

「こっちにも家があるって感じかな。カリブ海の幾つかの国で会社をやってるんだ。マリンスポーツとかを扱ってるツアー会社もやってる。日本の旅行社とは取引してないから、知られてないかもしれないけど」

「高校卒業して…大学を中退したって聞いたが、それから海外へ？」

「ああ。海外の方が性に合うんだ。最初はふらふらしてたんだけど、その内仕事をするようになって…今に至るって感じ」

そうか…と頷き、朽木は毎年送られて来ていた年賀葉書を思い出した。どれも有名なリゾート地で撮られた写真が使われていたのは、そういうわけだったのかと納得する。ついでに、フランスにいたことはあるかと確かめようとしたが、先に東の方が問いかけて来た。

「朽木は？　大学卒業してからずっとＰＪＴに？」

「ああ」

「偉いな。同じ会社で…十年以上も勤めてるなんて。さすが、朽木」

「普通だよ」

「そんなことないって。昔も朽木はしっかりしてたから」

高校時代、多くの時間を共に過ごした東とは共通の話題がたくさんある。覚えてるか？　と東が話してくる内容は懐かしいものばかりで、朽木もいつしか会話に夢中になっていた。

東はちっとも変わっていなくて、十五年というブランクがあったのが信じられなかった。同じ古くからの友人でも、横森《よこもり》や平岩《ひらいわ》と東では友達の種類が違う。学校生活に行き詰まり、閉塞感を覚えていた自分を助けてくれたのは、東の持つ奔放さだった。学校をサボって映画を見に行ったり、ボウリングに興じたり。尽きない思い出話に花を咲かせている間に時間が過ぎており、上杉がテラス席まで捜しに来た。

「朽木さん、ここにいたんですか」

朽木の姿を見つけた上杉はほっとしたように言い、同じテーブルに座っている東に軽く会釈した。二人が盛り上がっている気配を感じた上杉は遠慮がちに、先にホテルへ戻りますと告げる。

「じゃ、俺も…」

「大丈夫です。マウントツアーズさんと一緒に帰りますので」

海外に不慣れな上杉を気遣いかけた朽木に、彼は心配は無用だと返す。ごゆっくりと笑みを残して去って行く上杉を見送ったものの、朽木自身、明日も会議に出なくてはいけない。時計を見て、そろそろ自分も引き上げた方がいいかと考え始めたのだが、東に念を押された。

「朽木はまだいいよな?」

「ああ…でも、もう少ししたら帰るよ。明日も会議なんだ」

「そうか。だったら、折角だし、最後にカルディグラ・ラムを飲もうぜ」

カリブ海周辺の島ではサトウキビを原料としたラム酒が作られており、ジャマイカ産のマイヤーズ・ラムなどが日本では有名だ。カルディグラで作られているラム酒は日本で流通していないが、ヨーロッパなどでは好んで飲まれている。

朽木もカルディグラの名産品としてその名を聞いたことはあったが、禁酒している自分には関係のない品だと思っていた。モヒートも一口でやめておこうと思っていたのに、話が弾んでしまったせいで、ついつい口にしてしまい、いつの間にかグラスが空になっていた。

「いや。俺は…ラムみたいな強い酒は飲めない」

「一口だけなら大丈夫だって。折角、ここまで来たんだ。話の種に」

東は軽い調子で言い、ウエイターを呼んでカルディグラ・ラムをボトルで頼んだ。間もなくして細長い瓶に入ったカルディグラ・ラムと、ショットグラスが運ばれてくる。ロックで飲むのかと驚く朽木に、東はそれが一番うまいと言い切る。

「氷や水で薄めたらもったいない。…ほら」

東がグラスに注いでくれたカルディグラ・ラムは照明の影響もあるのか、黄金色に光って見えた。実際、カルディグラで作られているのはゴールド・ラムという種類のものだ。いけないと思いつつも、興味はあって、朽木は慎重にグラスに口をつける。

「……うまいな」

アルコール度数が強いので、かなりきついが、香りがとてもいい。少し甘味のある深い味わいは癖になりそうなものだった。

「だろ。ラムは蒸留酒だから二日酔いとかしないから、安心しろよ」

「そんなわけないだろ」

また適当なことを言って…と笑いながら、東が美味しそうにカルディグラ・ラムを飲むのを眺める。幾らうまいと言っても、こんな強い酒に手を伸ばしてはいけない。恐ろしいのは二日酔いではなく、自身の悪癖だ。

東は昔の自分を知っていても、今の自分は知らない。思い出話を美しいまま終わらせる為にも強く自制しなくては。

…と、途中までは確かに、思っていたのだが…。


夢の中で朽木は東が昔住んでいたマンションにいた。将来の展望も描けなくて、これといった希望もなくて、宙ぶらりんだった高校時代。同じようにふらふらしていた東のマンションに入り浸っていた。広いマンションで一人暮らしをしていた東と、テレビを見ながらスナック菓子やファストフードで腹を膨らませ、バカ話をしていた。

あれから十五年も経って、お互い三十も過ぎているというのに、ちっとも変わってない。ジュースが酒に変わったくらいで、東の話を聞いているだけで楽しかった。何もなかったけれど、代わりに責任とか立場とか、自分を縛るものもなかった。形のない不安に苛《いら》ついていたあの頃は、大人の苦労を知らなかった。

思い出話をする朽木に、「昔に戻りたいか？」と東が聞く。どうかなあ…。答えをすぐに返せなくて考えていると、ふと、時間が気になった。時計を見れば針が消えていて、眉を顰める。時間が分からない。今は何時なのだろう。

あれ……？　ここは何処だろう…？

「っ…」

唐突に目が覚めて、朽木は飛び起きた。同時に頭ががーんと痛み、顔を顰《しか》めてこめかみを押さえる。

「…いた……」

完全な二日酔いに深い後悔を抱きながら、朽木はゆっくり頭を上げた。ぼんやりした視界に映っているのはホテルの部屋だと分かったが、何かが違う。でも、何が違うのか思い出せなくて、意識をはっきりさせる為にもシャワーを浴びようと思い、ベッドを下りた。

「………」

そこで朽木はようやく、自分が一糸まとわぬ全裸だと気がついて硬直した。こ、この状況は…。何処かで見たような既視感を覚え、頭を抱える。ちょっと待て…俺は昨夜…。いや、それよりも……。

何がどうなっているのか思い出す前に、しなくてはいけないことがあるような気が強くして、朽木は両手で頭を押さえたまま、ぎこちない動きで部屋の中を見回した。壁にかけられている時計を見つけ、時刻を確認すれば…九時を指している。

「……」

窓の向こうからは明るい日差しが差し込んで来ているから…朝の九時だろう。午前九時…。午前九時と言えば……。

「……!!」

会議の始まる時間だと思い出し、朽木は頭痛も忘れて飛び上がった。遅刻だ。完全な、遅刻だ。大慌てで全裸のままクローゼットの扉を開ける。そこにはスーツが一式、ハンガーにかけられた状態で置かれていたが、記憶にある状態と違った。

会議に出席しなくてはならないので、カルディグラへはスーツを二着持って来た。他にもジャケットと、ポロシャツ、チノパンなどをかけておいたはずなのに…。どうしてなくなっているのかと言えば…。

「…ここは……何処だ?」

何かが違うと思った原因は、ホテルそのものが違っているせいだと気づき、朽木は更に顔を青くした。ホテルの部屋など何処も似たような造りだからすぐに分からなかったけれど、ここは自分が宿泊しているラウンド・マリナーズベイの部屋ではない。

では、何処か？　それを考えるよりも着替えて出る方が先決だと思い、朽木はスーツに手を伸ばす。だが、全裸にスーツを着るわけにもいかない。下着や靴下は何処へいったのだと、チェストの引き出しを開けると、昨日身につけていたものが仕舞われていた。

つまり、自分はこの部屋に入って衣類を全部脱ぎ、靴下と下着はここへしまい、スーツやシャツはハンガーにかけ、裸でベッドへ入ったのか。そんな真似をするだろうか？　靴も履いたまま寝ているというなら納得なのだけど…。

「………」

そんなことを考えながらネクタイを結んでいた朽木は、再び既視感を味わった。以前も…同じ疑問を抱いた覚えがある。あの時は……一之瀬がバスルームから……。

「!!」

まさかと思い、走ってバスルームを覗《のぞ》きに行ったが、誰もいなかった。一瞬、ほっとしたものの、本当に一瞬で今度は違う疑惑が湧いて来る。ちょっと待てよ。俺は昨夜……。そうだ。東と会っていたのは夢ではなく、現実だ。

「………」

パーティを抜け出して休憩していたラウンジで東と再会した。昔話に花が咲いて、飲まないように気をつけていたつもりなのに飲み過ぎて…。

幾ら考えてもいつから意識を失ったのか思い出せない。東とはいつ別れたのか。どうやってこの部屋までやって来て、服を全部脱いで寝たのか。経緯を思いだそうとするほどに頭ががんがん痛む。朽木はふらふらと室内を巡り、忘れ物をしていないか確認してから部屋をあとにした。

客室からロビイへ下りると、そこがパーティの開かれていたホテルであるのが分かった。東と飲んでいたのは一階のラウンジである。酔っ払って意識のない状態の自分が自ら部屋を取ったとは考えにくく、東が何らかの形で関与しているのは間違いないと確信した。東の気配はなかったが、彼もあの部屋に泊まったのだろうかと考えながら、ドアマンにタクシーを用意して貰い、乗り込む。

とにかく今は会議場に向かわなくてはいけない。遅刻したとしても顔を出さなくては何をしに来ているのか分からなくなる。色んな謎は会議が終わってから考えようと決め、朽木は酒臭い溜め息を深々と吐いた。

酒を飲んで後悔するのはこれで人生何度目だろう。遅れて会議場へ入り込んだ朽木は、話を聞いている振りをしながら、次から次へと蘇《よみがえ》って来る苦い思い出に苛《さいな》まれながら、死んでしまいたいような気持ちになっていた。酒で失敗したことは数知れず。その度、禁酒を誓いながらもつい飲んでしまう自分は病気なのではないか。

学習能力がない自分を心の底から呪《のろ》いつつ午前中の会議を終えると、上杉が心配した様子で捜しにやってきた。

「朽木さん、よかった。来てたんですね。朝、部屋まで行ったんですけど、いないようだったからどうしたんだろうと心配してたんですよ」

「すみません。昨夜は…旧友に再会して、盛り上がってしまいまして…」

「そうだったんですか。こんな外国で再会するなんてすごい偶然ですよね」

盛り上がるのも当然ですよ…と上杉が温かい口調で言ってくれるのがせめてもの救いだ。昼食に誘われたが、とても食欲は湧かず、何も口にしないまま午後の部へ突入した。午後からも暗澹《あんたん》たる気分で過ごした後、夕方に日程が終了すると、一緒に帰ろうという上杉の誘いを断った。

「友人に支払いを頼んでしまったので、返しに行きたいんです」

「そうですか。じゃ、僕は先にホテルへ戻ってますね」

パーティで知り合った別の旅行社の担当者を捕まえて一緒に帰って貰う…という上杉と別れ、朽木はタクシーで東と再会したホテルに戻った。ラウンジに現れたことや、部屋があったことからも、東はあのホテルに滞在しているのだろう。相変わらず、記憶は戻って来なかったが、多大なる迷惑をかけたことは間違いなくて、気分が重かった。

それに…朽木にはもっと恐れていたことがあった。泥酔して意識を失ったくらいであれば、まだいい。悪かったと詫《わ》びれば済む。最悪なのは……。

「…やらかしてないよな……」

例の悪癖を披露してしまっていた場合だ。それはないと信じたかったが、前歴が幾つもある上に…。

「……なんで…俺は裸だったんだろう……」

恐怖の事態を引き起こしていた場合のことを想像すると、叫び出してしまいそうで、敢えて会議中はそれについて考えないようにしていた。だが、これから東と会うとなると、対応を考えざるを得ない。

やってないと…思いたいが、可能性としては五分五分…いや、六四…いや、七三…。ぶつぶつ日本語で呟《つぶや》く朽木は暗い雰囲気も合わせて、外国人の運転手からも訝《いぶか》しまれるような状態になっていた。ホテルに着くと、心配げな表情で「Are you OK?」と聞かれる。

「サンキュー」

力ない笑みを浮かべて礼を言い、支払いを済ませて車を降りる。フロントで東が宿泊しているかどうかを確認し、彼が部屋にいるなら呼んで貰おうと決め、ロビイを横切りかけた時だ。

「朽木！」

何処からか東の声が聞こえて、周囲を見回す。振り返れば、車寄せに停めた高級車の前で、ドアマンにキイを預けている東がいた。どきりとしながらもほっとして、朽木はぎこちない笑みを浮かべて東に近づいた。

「会えてよかった。昨夜のことを…聞きたかったんだ」

「悪かったな。朝早くから出かけなきゃいけない用があったんだ。大丈夫か?」

「……え?」

「二日酔い」

にやりと笑う東に、朽木は引きつった顔で頷く。昨夜の経緯を聞き、詫びなきゃいけないのは分かっているが、ホテルのロビイでする話でもない。どうしようか迷う朽木を、東はお茶に誘った。

「俺は酒でもいいけど」

「じょ、冗談!」

もう飲まないと首を横に振り、東と共にティーラウンジのテラス席へ向かった。夕刻ということもあり、海は美しい夕焼け色に染まっている。心地よい風が吹く席に着くと、朽木はコーヒー、東はビールを頼んだ。

ウエイトレスが離れていくと、朽木はすぐに「すまなかった」と醜態を詫びる。

「迷惑…かけたんだよな…?」

「覚えてないのか?」

「……」

東が笑っているのに深い意味があるのかどうか分からず、朽木は窺《うかが》うように見ながら頷く。一之瀬に対し、やらかしてしまった時のことが思い出され、手に汗が滲《にじ》んで来る。もしも東が…一之瀬と同じように画像に残していたりしたらどうしよう…。いや、あれは一之瀬に目的があったからで……それに、東はそんなことをする人間じゃない…。ぐるぐる頭の中を色んな考えが回り、めまいを覚える。

蒼白《そうはく》な顔で身体を強張《こわば》らせて固まる朽木を、東は怪訝《けげん》そうに見て笑う。

「朽木。そんな死にそうな顔しなくても…」

「……すまない。俺は……正直、酒癖がよくなくて…普段から飲まないようにしてるんだが…」

「美味《うま》いからな、ここのラムは。飲み過ぎるのも仕方ないって。でも、そこまでへこむ必要はないだろう。相手は取引先とかじゃなくて、俺なんだから」

「……。あの…部屋までは…お前が運んでくれたのか?」

「ああ。朽木、軽いからさ。全然平気だった。気にするなよ」

「……」

すまなかった…と何度目かの詫びを口にしながら、朽木は東の反応を分析していた。これは…どうも、自分は寝入ってしまっただけで、それ以上のことはなかったのではないか。だとしたら、余計なことを口にして墓穴を掘る必要はない。

それに…東は高校時代の旧友だ。そんな人間を相手にキス魔と化すなんて…それはさすがに泥酔した自分でも「ない」と判断出来たのだろう。きっと…そうに違いない。東の態度からそう判断した朽木は少しだけ安堵《あんど》したものの、もう一つ、気にかかることがあった。

朝起きた時、全裸だったのは…何故なのか。服を脱がせたのは東なのかどうかが気になって、朽木は深呼吸してから、事実を確認した。

「…一つ、聞きたいんだが…。起きた時に裸だったのは…」

「俺が脱がせた。朽木、スーツのまま、靴も脱がずに寝ようとするからさ」

「あ…そうか。迷惑かけたな。…でも……パンツまで…？」

これがせめて、パンツ一枚とかであれば納得がいった。皺《しわ》になるのを気遣ってくれたのだと、逆にありがたくさえ思えただろう。だが、パンツまで脱がせる必要は…ない気がする。逆の立場だったとしたら、絶対にパンツは脱がせない。

全裸にする…というのは…どうも…。と、訝ってしまうのも、一之瀬から聞いた話が頭に引っかかっているからだ。一之瀬は東も…同類だと言っていた。ということは…東はそれなりの思惑があって自分を全裸にしたのではないか。

信じたくはなかったけれど、疑惑を抱きながら問いかけた朽木に対し、東はあっけらかんと答える。

「裸の方が楽だろ」

「……」

東の表情に他意は全く見られない。一之瀬のような思惑はなかったのだとすぐに信じられて、朽木ははあと息を吐いた。考えすぎだ。自分は一之瀬に毒されているのだ。そもそも東とは高校の頃、何度も一緒に風呂に入ったりしてる。学生の頃の感覚と変わっていない様子の東に申し訳ない気分になって、朽木は深く頭を下げた。

「迷惑かけて本当にすまなかった。この借りは返すから…」

「じゃ、一緒に晩飯食わないか？」

「分かった。奢《おご》る」

早速、嬉しそうな笑みを浮かべて誘って来る東に、朽木は苦笑を浮かべて返す。今日の予定は終わったし、あとはホテルへ戻るだけだ。上杉が待っているかもしれないが、約束をしているわけじゃない。ここは東につき合うべきだと考え、ホテルのレストランで食事をしようと提案した。

「ちょっと待っててくれ。部屋で着替えて…仕事のメールだけ確認して来る」

「了解。ここでコーヒー飲みながら待ってる」

テラス席を出て行く東を見送り、朽木は運ばれて来ていたコーヒーに口をつけた。驚天動地《きょうてんどうち》の目覚めで、朝から暗澹たる気分だったが、最悪な結果にはならなくてよかった。心が軽くなったせいか、空腹も覚えて、何を食べようか考える。

ただ、今夜はもう飲まないと堅く決意し、美しく光る海に目を向けた時だ。背後から肩を軽く摑《つか》まれる。東だと思い、朽木は「早かったな」と言いつつ振り返った。

のだが…。

「!!!」

そこにいたのは東ではなく、一之瀬だった。まさか一之瀬が現れるとは思っていなかった朽木は声も出せなかった。目を見開いたまま硬直する朽木に、一之瀬は何処か嬉しそうな表情を浮かべて尋ねる。

「どうして朽木がここに?」

「ど…ど…どうしてって……俺は…会議が……って、お前こそ、なんで…っ…!?」

「仕事だ」

短く答える一之瀬を見ていたら、頭の隅で何かが閃《ひらめ》いた。そうだ。一之瀬も「カリブ海」という地名を口にしていた。日本を発つ前、まさかと思ったことが現実になったのだと分かり、朽木は益々顔を青くする。

これが…東の存在がなければ、驚いたとしても動揺はしなかった。二度と会わないと決めた一之瀬と鉢合わせしてしまったのは迷惑だが、偶然なのだから仕方のない話だ。問題は…。

「誰かと待ち合わせでもしてるのか?」

何気なく尋ねて来る一之瀬に答えることは出来ない。自分が待っているのは一之瀬の宿敵で

ある東だ。東は昨夜、投資詐欺を働いたという話は根も葉もないでっちあげだと言っていた。だが、一之瀬は実際、東によって被害を被ったといい、彼を憎んでいる。復讐《ふくしゅう》なんて恐ろしい言葉を使っていた覚えもある。

そんな二人が鉢合わせしてしまったら…。めまいがしそうになって、暗澹たる表情になる朽木を一之瀬は不思議そうな顔で見た。

「朽木？　どうかしたのか？」

「い、いや…」

自分はどうするべきか。ここは間に立って、二人の言い分を整理して、真実を見極めるべきか。しかし、ものすごく疲れそうな気がする。どうしたらいいのかと悩んでいると、携帯が鳴り始めた。考える時間を稼ぐ為にも、朽木は「すまない」と一之瀬に断って携帯を取り出す。着信相手は見知らぬ番号だったが、迷わずボタンを押した。

「はい」

『朽木？　悪いが、急用が入ってしまって、明日に変更してくれないか？』

電話の相手は東で、しかも、渡りに船というような内容だった。朽木は「あ、ああ」とぎこちなく返事をし、また連絡すると言う東に相槌《あいづち》を打って通話を切る。取り敢えず、目の前の危機は回避された。はーっと大きな息を吐き出し、背中を丸くする朽木に、一之瀬は「何かあったのか？」と重ねて尋ねる。

「……。別に何もない」

「一人なら食事でもしないか？　ここに泊まってるのか？」

「いや。ここは…会議に参加してる別の人間が宿泊してて、食事でもって話で来たんだが、キャンセルされたんだ」

「なら、ちょうどいいな」

「食事なら、俺の宿泊してるホテルに行こう。あっちの方が美味い」

「そうなのか？」

ここには東が滞在している。一之瀬とのバッティングを避ける為にも、早々に場所を移した方がいい。本当は一之瀬と食事をするというのは余り歓迎しない事態だったが、ぐずぐずしていて違う騒動が勃発《ぼっぱつ》しても困る。二度と会わない、口もきかないと堅く誓ったのも忘れて、朽木は一之瀬を促して、東がいるホテルを逃げるようにあとにした。


タクシーで移動する間、朽木は必死で自分の現状を整理していた。遠いカリブ海の小国で、東と再会しただけでも驚きだったのに、一之瀬まで現れてしまうとは。運命の悪戯《いたずら》と言うべきか…神の試練と言うべきか。どちらにせよ、自分の裁量を試されているような気がする。

朽木が宿泊するラウンド・マリナーズベイホテルに到着すると、幾つかあるレストランの中から、一之瀬の好みに合わせて店を選んだ。一度、ほっとして空腹を思い出したが、一之瀬の登場によって、再び食事などどうでもいいという気分になっていた。

「何を食べる？」

「…何でもいい」

対して、一之瀬は朽木と偶然出会えたのを喜んでいる様子で、メニュウを見る表情も楽しそうなものだ。ボーイにあれこれ指示して注文し、ワインもボトルで頼んだが、朽木は決して飲むつもりはないと断言した。

「俺は絶対飲まない。昨夜飲み過ぎて二日酔いなんだ。今日だけは何があっても、お前の口車には乗らないからな」

「つまらないな。俺は朽木と飲むのが好きなのに。朽木は酔うほど、可愛くなる」

「……」

可愛いとか言うな…と目力を込めて一之瀬を睨《にら》みつけるものの、ワイングラスを手にした彼は全く意に介していない様子だ。うまいぞ…と上等な赤ワインを見せびらかすようにして飲む一之瀬を無視し、朽木はミネラルウォーターの入ったグラスに口をつける。

「会議って、どういう内容の会議なんだ？」

「危機対策関係の会議だよ。世界各国から旅行社の担当者が集まってるんだ」

「…ああ…そう言えば、そんな話を聞いたような気がするな」

外国でトラブルに見舞われた邦人の保護にも当たっている一之瀬にも無関係な話ではない。聞いた覚えがあると言う一之瀬に、朽木は同じような問いを返す。

「お前こそ、何しに来てるんだよ?」

「色々とあってな。けど、この前は会議に出るなんて話はしてなかったじゃないか」

「うちの課長が入院して…急に出席することになったんだ」

曖昧《あいまい》に言葉を濁す一之瀬に、朽木はそれ以上聞かなかった。一之瀬は外交官でもある。他人には話せない内容の仕事の方が多いに違いない。だから、彼の問いに答えたのだが、この前は…というのが引っかかった。

「…そう言えば、お前。俺の部屋にどうやって入ったんだ?」

「だから、鍵が開いてたと言ったじゃないか」

「嘘だ。俺は毎朝、必ず鍵をかけたかどうか確かめるんだ」

しれっと言う一之瀬に、朽木はむっとした表情で言い返す。あの後、何度も思い返したけれど、やはり、鍵をかけ忘れたというのはあり得なかった。一之瀬は何らかの方法で自分の部屋に入り込んだに違いなく、となれば、今後も同じようなことが起こりうる可能性がある。

「どうやって入ったのか知らないけど、二度とあんな真似するなよ」

「朽木の部屋が見られて楽しかった。それにああいう…1Kというのか? 狭い部屋に入るのは初めてで新鮮だった。あれだな。ドミトリーみたいな感じだな」

「ドミトリー……」

一之瀬がイメージしているのは、恐らく、海外の大学などの寮だろう。しかし、自分は学生ではなく、社会人歴も十年を超えた三十三歳のサラリーマンだ。住まいだって交通の便や駅からの近さなどを考えれば、多少狭くても標準的な物件だと思うが、一之瀬にとっては「新鮮」と映ってしまうのか。

ホカ弁やラーメンも珍しそうに見ていたのを思い出すと、呆れるよりも虚しくなる。溜め息を吐きつつグラスを手にした朽木は、いつの間にかワインが入ったものにすり替えられているのに気づき、慌ててテーブルへ戻した。

「っ…俺は飲まないって言ってるだろ！」

「声が大きい」

「……っ」

自分が悪い癖にもっともらしい顔で注意してくる一之瀬を睨みつつ、朽木は水が入っている方のグラスを持ち上げた。頑なにアルコールを口にしようとしない朽木を、一之瀬はつまらなさそうに見て、部屋の感想を続ける。

「しかし、朽木はインテリアセンスというものがないな。一人暮らしだからと言って、あそこまで適当なのもどうかと思うぞ」

「必要なものは揃ってる。不自由はしてないからいいんだ」

「そうか？　じゃあ、淫乱《いんらん》人妻だの巨乳ナースだの、ああいうのも必要なのか」

「ぶっ……！」

一之瀬が平然と口にした言葉を聞いた朽木は、食べかけていた前菜のエビを喉《のど》に詰まらせそうになって噎《む》せ上がる。ゲホゲホと咳き込む朽木に、一之瀬は冷たい目を向けながら淡々と続けた。

「あんなもので自分を慰めるなんて虚しくないか？　しかも、内容的にも趣味がいいと思えなかった」

「っ…ちょ、ちょっと待て…！　お前、人の部屋を勝手に漁ったり…」

「そんな真似はしてない。棚に置いてあったから目に入ったんだ」

「……」

確かに一之瀬の言う通り、引き出しなどにしまったりせずに放置してあったから、見られたのもおかしくない。そもそも一人暮らしで、普段から誰も訪ねて来たりしない部屋だ。誰かが来る場合は一応片付けるのだが、一之瀬には無断で入り込まれたのだからどうしようもない。

朽木は一気に疲れが増した気がしつつ、言い訳を口にする。

「あれは…前の部署の後輩でＡＶ好きな奴がいて、貰ったんだよ。扱いに困ってあそこに置いて…存在そのものを忘れてた」

「でも見たんだろう？」

「……。お前だって…」

ＡＶの一本や二本…と言いかけて、朽木は溜め息を吐いて口を閉じた。能面みたいな整った顔で追及して来る一之瀬はＡＶなどとは縁遠いだろう。ゲイだからというのではなくて、一之瀬にはそういう類のものは必要ないと思えた。

しかし、ＡＶを何本持っていようが、一之瀬から責められるいわれはない。朽木は再びフォークを動かしながら、開き直ってお前には関係ないと言い放った。

「別にいいだろ。三十過ぎの独身男の部屋にアダルトビデオがあったって、全然変じゃないさ。逆に普通だ。世間的にはおかしいのはお前の方だ」

「まあ、その意見には異を唱えないが…。俺は朽木がああいうものを見て自分を慰めてるのを想像する方が楽しいからな」

「へ、変なこと、想像するな！」

ふっと笑みを浮かべる一之瀬が何を考えているのか、分かるだけに厭《いや》になる。眉間《みけん》に皺《しわ》を刻んで窘《たしな》めて来る朽木に笑みだけを返し、一之瀬は優雅にナイフとフォークを動かす。前菜の皿を空にし、ワインを一口飲んでから、思い出したみたいにつけ加えた。

「それに…ＡＶなんかよりも、あの葉書の方が衝撃的だったがな」

「……」

一之瀬が言う「葉書」というのが、東からの葉書を示しているのはすぐに分かって、朽木はどきりとする。同じ島に…一之瀬と会ったホテルに東がいると知っているから余計だ。つい動揺が深くなり、使い終えたフォークを皿に戻そうとして床へ落としてしまう。

その音を聞きつけたボーイがすぐにやって来て拾ってくれるのに礼を言いつつ、何とか動揺を収めようとした。一之瀬は東が同じ島にいると知ったら、どうするだろう。一度は東を捜すのは諦めたと言ったものの、葉書を見つけた時の一之瀬の反応は厳しいものだった。

「どうした？」

朽木の異変に気づいた一之瀬が怪訝そうに尋ねる。一之瀬の顔を窺うように見つめながら、朽木は東の名前を口にした。

「…お前さ。東が詐欺師で…警察から追われてるようなことを言ってたじゃないか。あれって本当なのか？」

「……。今更何を言い出すんだ？　本当に決まってるじゃないか。どうして俺が嘘を吐く必要がある？」

「だって……やっぱり、あいつが詐欺とか、信じられないんだよ。確認したわけでもないし」

「どういう確認を必要としてるのか分からないが、何だったら警視庁の捜査二課に問い合わせてみろ」

「………」

警察に聞け…と一之瀬が言うのはもっともで、朽木は何も言えずに眉を顰めた。運ばれて来たスープの皿に一之瀬が手をつけるのを見て、朽木もスプーンを手にする。濃厚な味のスープを一口ずつ飲みながら、どちらを信じればいいのかと頭を悩ませた。

東は嘘を吐いているようには見えなかった。けれど、一之瀬も同じだ。警察に問い合わせればはっきりするのは分かるが、真実を知るのが怖い気もする。そう思う自分は…やはり、東を疑っているのだろうか。

「俺が嘘を吐いてるんじゃないかって疑ってるのか？」

「……」

考え込んでいた朽木は、どきりとする台詞を向けられ、手の動きを止めて顔を上げた。スプーンを置いた一之瀬が真っ直ぐに見ていて、緊張を覚える。黙っている朽木に、一之瀬は溜め息を吐いて疑わしげな目を向けた。

「…やっぱり…本当は今でも東と連絡を取っているのか？」

「…いや……」

カルディグラへ来るまでは本当に、音信不通で何処で何をしているのかも知らなかった。だが、今は居場所も電話番号も知っている。すぐに会える状態にある。東に再会した経緯や、彼の言い分を、一之瀬にどうやって説明すればいいのか。うまい言葉が見つからず、朽木は一之瀬に確認した。

「……。お前…東を捜すのは諦めるって言ったじゃないか。でも…もしも、……ばったり東に会ったりしたら……どうする？」

「どうするもこうもない。決まってるじゃないか。捕まえて警察へ突き出す」

「…けど、あいつが詐欺とかって、そういうのが誤解だったとしたら？」

「誤解なんかであるわけがない。俺は実際にあいつの被害に遭った人間を知ってるんだぞ」

そして、一之瀬自身も出世街道を外されるという、間接的被害を被ったのは朽木も知っている。真剣な顔つきには東への怒りが滲んでいて、朽木は何も言えなくなった。

やはり、嘘を吐いている可能性が高いのは東の方だと薄々分かっているのに、心の中に、どうしても信じたくないという気持ちがある。きっと、昨夜再会した東が全然変わっていなくて、昔と変わらない楽しい時間が過ごせたせいだ。

「どうして今頃になって、東を庇《かば》うようなことを言い出したんだ？」

「……」

東と再会したことを話そうか迷いながらも、口に出来なかった。そこへ着信音が鳴り始め、一之瀬が小さく溜め息を吐く。ポケットから取り出した携帯で短い会話を交わし、渋面で朽木に詫びた。

「すまない。行かなきゃいけなくなった」

「いや……」

答えに窮していた朽木にとっては助けられる展開だった。ほっとした心情を顔に出さないよう気をつけながら、「気にするな」と返す。会議に出るだけが仕事の自分とは違う。一之瀬は時計で時間を確認しながら、いつまで滞在しているのかと朽木に尋ねた。

「あと…四日かな。会議は明日までだが、その後は視察とかが入ってる」

「そうか。なら、時間が出来たら連絡する。こっちにいる間は比較的余裕があるから、時間が作れると思う」

「い、いや…」

時間を作る必要などないと言いかけた朽木に構わず、一之瀬はナフキンを置いて立ち上がる。そのまま出て行くのかと思われたが、テーブルを回って朽木に近づき、その肩に手をかけて耳元に唇を寄せた。

「こんなところで朽木に会えるなんて、ラッキーだ」

「…っ…」

「うまいラムを一緒に飲もう」

笑みの混じった声はくすぐったさを覚えるようなもので、朽木は身体を竦ませる。びくりと反応してしまうのは、既に条件反射なのかもしれない。一之瀬の声を自分の身体は奥深いところで覚えてしまっている。

慌てて離れようとしたが、一之瀬の方が先に身を翻《ひるがえ》した。優雅にレストランを出て行く後ろ姿を険相で睨みつつ、朽木はざわりとした感触が残っている耳に触れる。一瞬で熱くなっている耳に自己嫌悪し、途方に暮れた気分になった。

一之瀬が帰った後、朽木は一人で残りの料理を食べる気がしなくて、キャンセルして部屋へ戻った。前菜とスープだけでは正直、腹が満たされたわけではなかったのだが、東のことで頭がいっぱいでさほど空腹を感じなかった。それに前夜、飲み過ぎた身体は結構疲れており、風呂に入るとすぐにベッドへ入り、眠りについた。

朝までぐっすり眠り、朝食を食べにレストランへ赴くと上杉がいて、手を振って招いてくれる。

「朽木さん、おはようございます。こっちです」

昨日は二日酔いで寝過ごし、会議に遅刻するという失態をやらかしている。神妙な気分で上杉の招きに応じ、朝食を共にした。昨日も帰りは別になってしまったが、大丈夫だったかと尋ねる朽木に、上杉は随分慣れたと答える。

「お陰様でこつが掴めて来たような気がします。そうだ、朽木さん。今晩、マウントツアーズの出口《でぐち》さんたちと一緒に市街の方へ出かけようって話があるんですが、一緒にどうですか?」

「あー…折角ですけど、俺は遠慮しておきます。皆さんで行って来て下さい」

気苦労が多すぎて疲れているし、また明日と言っていた東から連絡が入るかもしれない。上杉の誘いを断って、朝食を済ませた後、会議場へ移動した。講演やセミナーといった会議場で行われる項目はその日で終了し、次の日からはカルディグラの観光地を視察する予定が組まれていた。

無事、会議日程を終え、朽木は上杉と別れて一人、宿泊先のホテルへ戻った。部屋でシャワーを浴び、着替えを済ませた時だ。タイミングよく携帯が鳴り始め、見れば昨日かかって来た番号が表示されている。東だと思い、ボタンを押すと『今いいか?』と聞いて来る声に返事をした。

『昨日はすまなかった。よかったら、今からどうだ?』

「大丈夫だ。ホテルにいるのか?」

『朽木の泊まってるホテルのロビイに来てる。ラウンド・マリナーズベイだろ』

「ああ、そうだ」

すぐに行くと返事し、朽木は携帯とカードキーを手にして部屋を出た。ロビイへ下りると、ソファに座っていた東はにやりとした顔で朽木を迎える。

「そういう格好してると、昔と全然変わらないな。若く見える」

昨日も一昨日も、会議帰りに会っているのでスーツ姿だった。今日は戻って来てからシャワーを浴びて着替えたので、半袖のシャツにハーフパンツというラフな格好だ。東は仕事帰りなのか、ネクタイはないものの、上下揃いのスーツ姿だった。

「からかうなよ。三十過ぎのおじさんなのに」

「おじさんて。同い年なんだから」

軽い調子で言って、東はホテル内のレストランで食事をしようと誘った。一瞬、一之瀬の顔が頭を過《よ》ぎったが、同じホテルに宿泊しているわけではないし、今日一日連絡はなかった。ここでバッティングすることはないだろうと判断し、昨夜とは別のレストランを選んだ。

昨日よりもカジュアルなスタイルの店で、ハンバーガーやパスタなどの軽めの料理がメインだった。ビーチに面したオープンテラス席もあったが、屋内の席を選んで座る。景観を売りにしたソファ席は二人が並んで座るタイプのもので、日が落ちて紫色に変わりつつある海が目の前に見えた。それぞれが食べたいものを頼んだ後、朽木は東に酒は飲まないと宣言した。

「どうして？」

「お前に二度、迷惑をかけるわけにはいかないからな」

「気にしなくていいのに。朽木って昔からそういう堅いとこ、あるよな」

「悪かったな」

「いや。俺は好きだよ」

東に他意はないようなのに、「好き」という言葉につい反応してしまう。一之瀬の悪影響だと思うと、つい溜め息が零れた。

「どうした？」

東から連絡が来て、会ったら、ちゃんと確かめようと思っていた。本当のことを言ってくれと自分が求めたら、東は答えてくれるだろうか。いざ本人を目の前にすると、つい言い淀《よど》んでしまい、言葉が続かなくなる。

「なんだよ、そんな怖い顔して。…お、ビールが来たぞ」

ウエイターがビールとノンアルコールカクテルのグラスを置いて行くと、東は乾杯しようぜと持ちかけた。朽木はタイミングをみようと考え、運ばれて来たグラスを手にする。グラスを交わして美味しそうにビールを飲む東は、一昨日の夜と同じく、昔と変わっていない。

東を前にするとやはり詐欺なんて犯罪に関わっているのが信じられなく思える。一之瀬の言う通り、本当に警察に追われているのだとしても、何かの誤解があるんじゃないか。東にはそんなつもりはなくても、そう取られてしまっているとか…。

「朽木のポテトフライ、美味しそうだな。食べていい？」

「もちろん」

食事をしていてもつい考えてしまう朽木に対し、東は楽しそうにビールを飲んでいた。お代わりも頼み、ついでにピザも注文する。

「おい。そんなに頼んで食べられるのか？　俺は結構、お腹いっぱいだぞ」

「残せばいいよ」

「もったいないだろ」

「朽木、そういうとこも変わってないな」

可笑《おか》しそうに笑う東に、朽木は「だって」と言い返そうとしたのだが、すっと表情が変わったのに気づき、怪訝に思った。並んで座っているから、厭でも顔が近くにあって、細かな表情の変化も読み取れる。

「東？」

どうかしたのか…と聞きかけた朽木は、ふいに肩を引き寄せられた。ふざけているのかと思い、窘《たしな》めようとすると、耳元で「俺の方がいいよ」と低い声が囁く。

「……」

俺の方がいい…とは？　どういう意味なのか分からず、朽木は至近距離にある東の顔を見つめた。眉を顰める朽木に、東は意味ありげな笑みを見せた後、身体を離した。今のは何だったのかという朽木の疑問は、背後から聞こえた声によって吹き飛んだ。

「久しぶりだな、東」

「!!!」

静かな中にも憎しみが感じられる声の持ち主は…一之瀬であるとすぐに分かった。慌てて振り返れば、席のすぐ横に一之瀬が仁王立ちして見下ろしている。最悪な展開に朽木は声も出せず、真っ青な顔で二人のやりとりを見ているしか出来なかった。

「元気そうじゃないか、一之瀬」

「俺の前でよくも平然としていられるな。自分がしたことを忘れたのか?」

「忘れてはないけど、そこまで怒る理由もないだろ。見解の相違ってやつなのに」

「何が見解の相違だ。貴様のしてることは立派な詐欺だ。追われているという自覚があるからこそ、インターポールに協力態勢を取っていないカルディグラにいるんだろう」

一之瀬の指摘に東は肩を竦めて、膝《ひざ》のナフキンをテーブルの上に置いた。それから朽木に「またな」と告げて立ち上がる。それを聞きつけた一之瀬は、更に鋭い目を東に向けた。

「東、貴様に次はない。朽木に二度と近づくな」

「一之瀬に言われる筋合いはないな。選ぶのは朽木だ」

「……え……」

どうしたらいいか分からず、二人の間で目だけを動かしていた朽木は、いつの間にか話題が自分に向いているのに気づいて青くなった。選ぶというのは…。どういう意味かと、考えたくもない内容ではないのか。

そんな朽木の読み通りの会話が目の前で交わされる。

「どうせ噂を聞きつけて、朽木がカルディグラへ来たのをこれ幸いに姿を見せたんだろうが、残念だったな。俺もいて」

「まあね。確かにお前までこっちへ来てたのは予定外だったけど、噂は噂にしか過ぎないって分かってよかったよ」

「どういう意味だ？」

「朽木のこと、落とし切れてないんだろ？」

揶揄《やゆ》するような笑みを浮かべて指摘する東に対し、一之瀬は険相を更に深くする。より一層憎しみを深めた鋭い目つきで東を睨み、低い声で呪詛《じゅそ》を吐いた。

「俺にはお前と違って十分な時間がある。朽木はあと数日で帰国するが、お前は日本へ帰って来られないだろう。帰国した途端、刑務所行きだ」

「どうかな。一之瀬だって忙しそうじゃないか」

笑みを消した東は鼻先から息を吐いて、一之瀬に言い返す。そのまま背を向けて去って行く東の姿が見えなくなるまで、一之瀬は睨み続けていた。腸《はらわた》が煮えくりかえっているらしい一之瀬と共に取り残された朽木は、頭を抱えて、ここから逃げ出したいと心の中で虚しい叫び声を上げた。


東がいなくなると、一之瀬はボーイを呼びつけて精算を済ませた。それから朽木の腕を摑んで席から立たせる。

「っ…一之瀬！」

強い力で引っ張り、店から連れだそうとする一之瀬に朽木は反抗しようとしたが、鋭い目で睨まれて諦めた。一之瀬が怒っている意味も分かる。自分に説明責任があるのも。渋々一之瀬に従い、命じられるまま、部屋のカードキーを渡した。

朽木が宿泊している部屋に入った一之瀬は、憤懣《ふんまん》やるかたないといった様子で、どさりと音を立てて椅子《いす》に腰掛けた。朽木は冷蔵庫から飲み物を取り出し、一之瀬にも飲むかと聞いたが冷たい視線しか返って来なかった。

こんなことになるのなら、昨夜、会った時に迷わず話しておくのだったと後悔しても遅い。対応を間違えたと反省しつつ、ベッドの端に腰掛けて炭酸飲料のプルトップを開けた。冷たくて甘いジュースを一口飲んでから、缶をサイドテーブルへ置き、一之瀬の方へ向き直る。

「……黙ってて悪かった」

「やっぱり嘘を吐いていたのか」

「違うって。…信じないかもしれないけど、本当に…偶然再会したんだ。…いや、向こうは違ったみたいなんだけど…」

「東とはいつ会ったんだ?」

「一昨日…お前と会ったあのホテルで、歓迎パーティみたいなのがあったんだよ。そこに…東が現れたんだ。俺がカルディグラで会議に出席するって聞いて、会いに来たって言ってた。なんか、こっちの方で幾つか会社を経営していて、会議場の設営に携わってる人間とも知り合いで、そこから聞いたって…」

本当のことを話しているのに、一之瀬の目つきが必要以上に厳しいせいで、つい語尾が弱くなってしまう。それに先日も一之瀬に疑いを抱かせてしまったばかりだ。怪訝な顔つきが緩まないのも無理はないと思っていたが、一之瀬には別の理由があるようだった。

「朽木が昨日、おかしなことを言ってたのはそういうわけか。東が会社を経営なんて、嘘に決まってるじゃないか。どうせ俺と朽木の噂を何処かから聞きつけて、横やりを入れようって算段で現れたってところだろう」

「噂って…」

レストランで一之瀬と東が言い合っていた時にも同じような話が出て来ていた覚えがある。どういう意味なのかと尋ねる朽木に、一之瀬は憮然《ぶぜん》とした表情で答えた。

「月桃の奴らはめざとくてな。同窓会の時、朽木が俺の取った部屋にお泊まりしたのが噂になってるんだ」

「…っ…!!」

どういう噂なのかは聞かなくても分かって、朽木は顔を青くする。確かに、あの夜、一之瀬とは…色々あったが、結局最後までしていなかったのだし、噂にされるような関係では決してない。誤解だと狼狽《うろた》える朽木に、一之瀬は平然と「安心しろ」と言い放つ。

「朽木の友人たちの耳には届かないはずだ」

「で、でも…そう思ってる人間がいるってことだろう?」

「俺は構わないが？」

「俺は構う！」

一之瀬とデキているると思われてるなんて…益々、同窓会から足が遠のきそうだと憂いながら、朽木は頭を抱えた。それに、東がそんな噂を信じて現れたというのが本当なら…かなり厄介な気配がする。

レストランで、東がふいに肩を引き寄せて耳元で囁いた言葉が頭に蘇る。俺の方がいいよ。何のことかと不思議だったが、あれは…。

「昨日、飲み過ぎて二日酔いだと言ってただろう。東と飲んだのか？」

「……」

想像するに耐えない東の「目的」について考えていたから、余計にどきりとした。二日酔いだけなら、それがどうかしたのかと開き直ることも出来た。だが、余計な事実が加わっているだけに、一之瀬を見られない。

昨日の朝…自分は一糸まとわぬ裸で目覚めた。東と飲んでいた記憶は途中までしかなく、部屋に連れて行かれた覚えもない。服を脱がせてくれたのは東で、下着まで脱がせたことについては、その方が楽だろと言われて納得したのだが…。

心の底では訝しく思いながらも、東を信じたいという気持ちの方が強くて、疑念と向き合わないようにしていたのが今になると分かる。やはりどう考えても、下着まで脱がせるというのは普通じゃない。

俯《うつむ》いたまま、悶々《もんもん》と考え込む朽木の態度は、一之瀬の疑いを更に深くさせた。

「東ともキスしたのか？」

「……！」

冷たい声が尋ねて来た内容に、朽木は反射的に身体を震わせる。首を横に振って否定しながら一之瀬を見たが、険相の中に軽蔑《けいべつ》めいた色合いを見つけて、むっとした。東とは何もしていない…筈だ。大体、一之瀬に責められるいわれはない。

「…東は友達だ。そんなことするわけ、ないだろう？」

「二日酔いになるくらい飲んだのなら、例の癖が出てもおかしくないだろう。俺にもせがんだじゃないか」

「それは…っ…」

「さっきだって随分、親しそうに肩を抱かれてたよな？」

「あれは東がふざけてただけだ。おかしな意味合いじゃない」

「そう思ってるのは朽木だけだ。東の方は思いっきり、そのつもりで会ってるって分かってるのか？」

「東がどういうつもりだろうが、お前には関係ない」

厳しい口調で詰問されている内に苛々が募り、強い調子で言い返していた。眉を顰めて睨む朽木を、一之瀬は形のいい目を眇《すが》めて見る。無言で立ち上がった一之瀬は腹を立てて帰って行くのかと思ったが、真っ直ぐ向かって来た。慌てて逃げようとしたが、ベッドの端に座っていたのが災いして、そのままシーツの上へ押し倒されてしまう。

「っ…一之瀬！」

「キス以上のこともしたのか？」

「だから…っ…何もしてないって…！」

朝起きたら裸だったのは事実だが、何かされたような気配はなかった。一之瀬に騙《だま》されたことのある朽木だが、経験済みの今ははっきり何もなかったと断言出来る。だから、きっぱり否定したのに、一之瀬は続けて疑いを向けてくる。

「朽木は隠し事が得意だからな。葉書のことも黙ってたし、昨日だって東に会ったのを話さなかった」

「それは……」

どうやって伝えようかと悩んでいる内に、一之瀬に仕事の電話が入ったせいだ。けれど、それは言い訳だ。一之瀬が帰ると聞いてほっとした自分を思い出すと、何も言えなくなる。瞳を揺らして言い淀む朽木を、一之瀬は冷ややかな目で見下ろしていた。

「東を庇おうとしていたのか？」

「違う…！　そういうつもりはなくて…ただ、あいつが詐欺とかそういう事実はなくて、おかしな噂を立てられて困ってるって言ってたから…。東は昔と全然変わってなくて…。お前の話が信じられなくなったんだ」

「……」

朽木にとっては正直な気持ちだったのだが、一之瀬には聞き捨てならない内容だった。顔を歪《ゆが》めて「東の方を信用したのか？」と聞いて来る一之瀬に、朽木はすぐに答えられなかった。久しぶりに再会した東と話している内に、彼の話を信じてしまっていたのは事実だ。

でも、翌日に一之瀬と会い、改めて考えてみると、どちらの話に信憑性《しんぴょうせい》があるのかは明白だと分かった。一之瀬には左遷されたという事実がある。警察に確かめるまでもないと思ったのは、一之瀬の話を信じるべきだと判断したからだ。

そういう説明をしようと思ったのに、一之瀬は朽木が言葉に詰まったこと自体が許せなかった。スウィッチが入ったみたいに、顰めっ面だった顔がすっと無表情なものに変わる。組み敷いている朽木のシャツを摑み、強引に引きはがした。

「っ……！」

ベッドに押し倒された時点で厭な予感はしていたが、説明の仕方を考えていたから油断があった。咄嗟に身構えるも遅く、ハーフパンツを下着ごと下ろされ、裸に剝《む》かれる。必死で抵抗しようとする朽木の動きを押さえ込む一之瀬のやり方は乱暴で、普段の彼とは全く違った。

「い…ちのせ…っ…！」

両手を頭上でまとめて拘束され、脚も押さえ込まれる。身動きの取れない状態で見上げた一之瀬の顔には、憎悪が宿っているように見え、背中に悪寒《おかん》が走った。不本意ながら、一之瀬とは何度かキスをしたし、それ以上の関係もある。どれも同意したつもりはなかったが、逆に強引に行為を強いられた覚えもなかった。

けれど、今の一之瀬は違う。我を失っているように見える一之瀬は冷たい声で朽木に言い放った。

「朽木が俺を信じられないように、俺も何もしてないっていう言葉だけじゃ信じられない」

「…っ…なに…」

「確かめてやるよ」

一之瀬が無理矢理行為に及ぼうとしているのは明らかで、朽木は本能的な恐怖を覚えた。酒に酔って、なし崩し的に抱かれるのと、行為を強要されるのは全く違う。脚を摑んで来る一之瀬の手を必死で追いやりながら、朽木は自分を見失っている一之瀬にバカな真似はよせと諭した。

「やめろ…っ…て！　こんなこと…っ」

「よりによって…束なんかと……」

「だから…っ…何もしてないっ…」

「信じられると思うか？」

「本当…っ…だって…。っ…いやだ…！　こんなの…っ……お前のこと、許せなくなる…っ…」

一之瀬の下から逃れようと暴れている内に息が切れて来て、朽木は途切れ途切れに訴えた。このまま力任せに蹂躙《じゅうりん》されたら、本気で一之瀬を許せなくなる。言葉で責められるくらいならまだしも、無理に身体を開かれるのは…。

せつない思いで告げた本音は、状況が見えなくなっていた一之瀬の耳にも届いた。拘束していた手が緩んだのを感じ、朽木ははっとして一之瀬を見上げる。

「……」

冷たい目で乱暴しようとしていた一之瀬が哀しそうな表情を浮かべているのを目にして、朽木はどきりとした。我に返ったというより、何か…過去の辛い出来事でも思い出しているかのような顔つきに見える。不思議に思ってじっと見つめる朽木から視線を外し、一之瀬は覆い被さっていた身体を起こしてベッドから下りた。

「…一之瀬……」

ひどいことをされようとしていたのは自分の方なのに、一之瀬が心配になって、朽木は声をかける。だが、一之瀬は何も言わず、そのまま部屋を出て行ってしまった。バタンとドアの閉まる音が聞こえると、朽木は大きな溜め息を漏らす。

何が一之瀬の気を変えたのかはよく分からないが、助かったのは事実らしい。それはありがたい話であるのだが…。

「…何だろう……」

　あんなにも哀しげな顔をする一之瀬を初めて見た。傷つけられようとしていたのは自分の方だというのも忘れて、何が一之瀬を哀しませたのかとつい、考えてしまう。けれど、心当たりは思いつかなくて、むしゃくしゃした気持ちをぶつけるように、もう一度大きな溜め息を吐いた。

　東《あずま》も一之瀬《いちのせ》も一旦《いったん》は朽木《くちき》の目の前からいなくなったものの、問題が解決したわけではない。カルディグラにいる限り、再び窮地に陥る可能性は高く、憂鬱《ゆううつ》な気分が増すばかりだった。翌朝、いつものテーブルで上杉《うえすぎ》と席に着いた朽木の顔は限りなく暗いものだった。

「今日明日は視察ですね。明後日にはもう帰国なんて、あっという間ですね」

「そうですね…」

「なんか、朽木さん今日は元気ないですね？　何かあったんですか？」

　心配してくれる上杉に何でもないと首を振り、視察先についての話題に切り替える。視察と言うと大仰《おおぎょう》に聞こえるが、カルディグラ観光省の案内で島内の主要ビーチや、観光スポットを巡り、終了後に簡単なレポートを提出するだけの気軽なものだった。

　一之瀬と東のことで頭を悩ませている朽木にとっては、何も考えなくてもいい予定は、ありがたくもある。ホテルまで迎えに来てくれたバスに上杉と共に乗り込み、他の参加者たちと名所を回った。昼はさとうきび農園に併設されたレストランで皆揃ってランチを取り、その後、カルディグラ内でも一番美しいとされるビーチへ案内された。

カルディグラに入ってから連日、天候には恵まれている。白い雲が浮かぶ空は青く澄み、瑠《る》璃《り》色に輝く海が煌《きら》めいている。デジカメを手にした上杉は美しいビーチに興奮した様子で朽木を浜辺へ誘った。

「朽木さん、波打ち際まで行ってみませんか？　写真、撮りましょう」

「あー俺はそういうのはいいです。他の方と行って来て下さい」

とても写真撮影なんて気分にはなれず、朽木はビーチの端にあるカフェで飲み物を買った。砂浜にテーブルと椅子《いす》を並べ、それに日よけをつけただけという簡素なカフェは逆に気軽で、南国の味がする甘いジュースに口をつける。

大型の観光バスで共に移動している参加者たちは、上杉のように海を見に行ったり、日陰で休憩したり、観光省の役人から説明を聞いたりと、それぞれが自由に振る舞っていた。朽木は一人でいたのだが、隣の椅子が引かれる気配にはっとし、顔を上げる。

「……」

同じ参加者が声をかけに来たのかと思ったが、隣に腰を下ろしたのは東だった。「よお」と軽い調子で声をかけて来る東を、朽木は硬い表情で見返す。

「東…」

「そんな怖い顔するなよ。朽木には似合わない」

「会社を経営してるとか…嘘だったのか？」

「そう言った方が朽木が安心するかと思って」

悪びれた様子もなく言い放った東は、朽木が飲んでいたジュースを横から引き寄せる。頬杖《ほおづえ》をついて一口飲み、「甘いな」と言って眉を顰《ひそ》めた。

見た感じも、話した感じも。東は変わっていないように思えたけれど、やはり十五年という歳月は長かったのだ。東は変わってしまった。昔も勝手気ままで、自由奔放だったけれど、嘘を吐いたりはしなかった。

「一之瀬を…騙《だま》したのか？」

「あいつを騙したわけじゃない」

「でも、利用しようと思って近づいたんだろう？」

「状況が見抜けなかったあいつのミスだと思うけどな」

正面からは認めなかったが、東が一之瀬から聞いた投資詐欺を働いたのは間違いないという感触が得られた。警察に追われているというのも事実なのだろう。朽木は苦々しい思いで、「なんで」と呟《つぶや》くように言う。

「詐欺なんて…。犯罪だぞ？」

「見解の相違なんだよ。俺も辛《つら》い立場なんだ。朽木には分かって欲しいんだけどな」

笑みを浮かべる東には、悪いことをしたという意識は全くないようだった。朽木は溜め息を吐《つ》いて言い聞かせようとしたけれど、テーブルに置いていた手を東に握られてそれどころじゃなくなる。

「っ…なに…する…」

「あの後、一之瀬としたのか?」

「…!?」

咄嗟《とっさ》に引っ込めようとした手を、東は強引に引き寄せて、真剣な顔で尋ねる。その内容は朽木にとって理解不能のもので、一瞬固まってから、ぶんぶんと首を振った。

「何言ってんだっ…俺は…」

「一之瀬と何回した?」

「…っ……だから…っ…」

「朽木って分かりやすいな」

その反応だけで答えが分かるというように、東はにやりと笑って朽木の手を持ち上げる。自然な成り行きのように指先に口付けてくる東が信じられず、朽木は思い切り東を振り払った。

「な、何するんだ!?」

「昨日も言ったけど、一之瀬なんかより、絶対に俺の方がいいって」

自信満々に明言する東を見て、朽木は遠い気分になった。東は噂とやらを信じて、完全に誤解しているのだろう。何を何処《どこ》から説明すればいいか、頭痛のして来る頭で考えながら、「あのな」と口にした。

「お前は大きな勘違いをしてる。妙な噂を耳にしたのかもしれないが、俺と一之瀬は…そういう関係じゃない。大体、俺には…そういう指向はないんだ」

「でも、一之瀬の方はそう思ってないいんじゃないの。所有欲バリバリじゃん。あいつ。一回は寝てるだろ？」

「……」

東の指摘は当たっていて反論出来ず、穴があったら入りたいような気分になった。そういう関係じゃないとは言ったが、身体を繋《つな》げた事実はある。それを読まれているのが辛く、眉を顰めて俯《うつむ》く朽木を、東はテーブルに肘《ひじ》をついて覗《のぞ》き込む。

「朽木は気づいてなかっただろうけど、高校の頃、俺は朽木の番犬だったんだぞ」

「……」

一之瀬から聞いた時はまさかという思いもあったけれど、東本人の発言で確信に変わる。自分が狙われていたなんて恐ろしい事実を、十五年も経ってから知らされるとは思ってもいなかった。

「朽木は俺の聖域だったから。朽木には普通にしあわせになって貰《もら》いたいって純粋な思いがあったんだよ。なのに、今頃になって一之瀬とデキてるなんて話聞いて…俺がどういう気持ちになったか分かるか？」

「あ、あれは…」

一之瀬に目をつけられたのは…元はといえば、東のせいである。だが、それを話せば何があったのかも追及されそうだと考え、口にしなかった。酔っ払って悪癖を披露し、それを利用されて脅されたなんて。誰にも知られてはいけない。

途中で口を噤《つぐ》んだ朽木を、東はじっと見つめてから、低い声で尋ねる。

「一之瀬が好きなのか？」

思いがけない問いかけに、朽木は目を見開いて驚いた。一之瀬を好きかどうかなんて、考えたこともなかった。一之瀬の方だってそうに違いない…と思おうとしたのに、そう思い切れない自分がいるのに気づいて戸惑う。

「………」

昨夜、一之瀬が見せた哀しげな表情が脳裏に浮かんだ。東とのことを疑って、我を失って乱暴を働こうとした一之瀬は、全く彼らしくなかった。普段の一之瀬は感情を露《あら》わにするタイプではない。アルドギルドで危機に直面した時だって、冷静沈着に対応してみせた。

そんな彼が暴挙に及ぼうとしただけでなく、哀しげな表情まで見せたのは…。好きなのかという問いかけに答えることも忘れ、一之瀬のことを考えていた朽木は、上杉の声にはっとした。

「朽木さん！」

「……え……」

俯いていた顔を上げて振り返った先で、上杉が「集合時間ですよ」と呼んでいる。東は…と思って隣を見れば、既に姿が消えていた。いつの間にいなくなったのか気づいていなくて、朽木は小さな溜《た》め息《いき》を吐いて立ち上がる。

明日で予定されているスケジュールも終わり、明後日には日本への帰途に就く。東はそれまでにまた現れるつもりなのだろうか。待ってくれていた上杉に礼を言い、駐車場に停められているバスへと向かった。

「もう一つ、ビーチへ行くんですよね」

「そうですね。…ええと、次のは繁華街近くにあるビーチで、賑《にぎ》わっているようですね。その後は政府が後押ししている観光客用のショッピングモールへ案内されるみたいです」

行程表を見て説明してくれる上杉に頷きながら、バスへ乗り込み、次の場所へ移動する。その間も、朽木の頭からは東に言われたことと、一之瀬の顔が離れなかった。子供じゃあるまいし、「好きなのか？」と聞かれて戸惑うなんて。一之瀬には「つき合わないか」と言われただけで、好きなんて言葉を向けられたことはない。

そんな…深い関係じゃない。そう思うのに、一之瀬が自分に対し、感情を吐き出してみせたのが気にかかっている。一之瀬にはあんな風に感情を露わに出来る相手は少ないと、確信出来るからだ。つまり…。

つまり。その先の結論が出せないまま、次のビーチへ運ばれた朽木は、そこで驚愕《きょうがく》の事態に遭遇するとは、思ってもいなかった。


「綺麗ですねえ」

「はあ…」

「こんなに綺麗な海を見ちゃうと、新婚旅行は南の島でって思いますね」

次のビーチでも上杉は波打ち際まで行こうと誘って来た。二度断るのは忍びなく思え、上杉につき合って砂浜へ下り、カリビアンブルーの海を眺めた。青い空も海も、観光用の写真素材のような申し分ない美しさだ。けれど、ちっとも感動しないのは、そういう質《たち》だからというのもあるけれど、頭が別のことでいっぱいのせいだ。

「朽木さんは結婚してるんですか?」

「いえ…」

「予定とかは?」

「ないです…」

何も知らない上杉が普通に聞いて来るのに、朽木は短い答えを返しながら、自身の過去について思い出す。結婚式で逃げられた花嫁とは翌日から新婚旅行に出かける予定だった。もちろん、キャンセルした新婚旅行は、彼女の希望でフランスとイタリアを十日かけて回る予定だった。

思えば、あれから遠くへ来てしまったものだ。もしも…という考えは持たないようにして来たが、もしもあの時。彼女と結婚して、新婚旅行にも出かけて、しあわせな家庭を築けていたら。今頃は子供なんかもいたりして、こんな悩みとは無縁だったに違いない。

かつての同級生である男二人から、邪《よこしま》な思いを抱かれるなんて…。

「朽木さん、お腹でも痛いんですか？」

考えている内にどんどん猫背になり、頭上に暗雲を浮かべる朽木を、上杉は違う意味で心配する。朽木は申し訳ない気分で、腹痛ではないが疲れが出ているので、先にバスへ戻って休んでいると告げた。

とぼとぼとビーチを歩く朽木とは対照的に、マリンリゾートを楽しむ観光客は誰もが楽しそうだ。気楽な様子がうらやましくて、ぼんやり眺めていた朽木は、のどかな光景の中に不似合いな濃色のスーツ姿を見つけて、立ち止まる。

「……」

ビーチにスーツというだけでも目立っていたのに、それが知り合いだったから、尚更、視線が釘付けになった。距離があるので顔まではっきり見えないが、あれは一之瀬だ。朽木は近くに立っていたビーチパラソルの陰に、さっと身を隠した。

一之瀬がビーチで何をしてるのだろう。スーツということは…仕事なのだろうか。ビーチで？　次々疑問を浮かべながら、一之瀬の様子を窺《うかが》う。最初、一之瀬は一人かと思っていたが、誰かと連れ立っている様子だった。

それは……。

「………」

ビキニ姿の女性で、大きなサングラスをかけているが、身体のつくりや髪の感じなどから、日本人だと分かる。長身で手足が長く、スレンダーだけど、しっかり胸はある。海外のビーチでもひけを取らない身体つきだ。長い黒髪を揺らす彼女の腕を一之瀬は摑《つか》んでおり、引っ張るような感じで歩いている。

あれは…一体…。誰なのだろうと怪訝《けげん》に思いつつ、続けて観察していると、彼女が一之瀬の手を振り払って足を止めた。二人の間で言い合いが始まったようだが、離れているから内容は分からない。ただ、彼女の方が強い剣幕で捲《まく》し立てている様子なのは分かる。一之瀬はそれに対し、冷静に対応しているようなのだけれど…。

「…誰なんだろう…」

あの一之瀬が女性を連れ立っているというのも驚きで、二人の関係は想像がつかなかった。一之瀬はゲイだから…彼氏彼女というのはあり得ないだろう。仕事関係の同僚…というのも、遠い感じがする。ビキニ姿の同僚の腕を掴んで連行するとは思えない。だとしたら、何らかの事情を抱えた邦人か。一之瀬の仕事からすると、その線が濃いだろうなと朽木が推測をつけた時だ。

「……！」

驚くような展開を目にして、朽木は息を呑んだ。彼女の方が一之瀬に突然抱きつき、キスし始めたのだ。衝撃的な瞬間を見てしまった朽木は瞬きも出来ずに、二人がキスしているのを凝視していた。

キスしている…ということは…。つまり、二人は……。

「あれ、日本人ですよね。すごいなあ。海外とはいえ、こんな場所で」

「…！」

一之瀬とビキニ女性とのキスシーンから目が離せずにいた朽木は、上杉がすぐ傍まで来ていたのにも気づいていなかった。突然聞こえた声にびくりと反応し、慌てて上杉を見る。

「っ…あ、あの…」

「分かりますよ。思わず、見ちゃいますよね」

「ち、違うんです…」

あれは知り合いで…とも言えず、朽木はどぎまぎしている心情を隠す為にも、その場を離れようと決めた。「行きましょう」と上杉を促し、バスの方へ向かって歩き始める。砂浜をざくざく歩く足取りは焦りの為、どんどん速くなっていく。

「俺、ああいう風に公衆の面前でいちゃつくとか、出来ないんですよね。朽木さんはどうですか？」

「ど、どうって…」

「前の彼女が、そういうのを好きなタイプで。場所を構わず手を繋いだり、キスしてって言ってきたり。あれは困りましたよ、正直」

そうなんですか…と上杉の話に適当な相槌《あいづち》を打ちつつも、朽木は一之瀬のキスシーンを頭から消せないでいた。一之瀬はまだキスしてるのだろうか。背を向けてずんずん歩いていたが、どうしても気になり、上杉に気づかれないようにそっと振り返ってみる。

「……」

しかし、先ほど、二人がいた場所にはもう誰もいなくて、立ち去った様子だった。ほっとしつつも、困惑は根深くて、バスに戻ってからも朽木は思い悩んでしまった。

一之瀬が女性とキスというのは…どういうことなのか。一之瀬はゲイではないのだろうか？女性とも付き合えるタイプなのだろうか？　湧《わ》き上がる疑問と共に、認めるわけにはいかない感情があるのも分かっていた。

もやもやとした何とも言えない気持ちは…嫉妬というやつではないのか。そんな考えを浮かべると、思わず頭をかきむしっていた。

「ありえん！」

「…びっくりした…。どうしたんですか？　なんか、変ですよ。朽木さん」

隣に座っていた上杉が突然の大声に怪訝そうな表情を浮かべる。申し訳ないと詫《わ》びつつも、朽木は頭を抱えて俯いた。一之瀬が誰とどういう関係であろうと、自分にはどうでもいいはずなのに。どきりとしたこと自体、間違っているのに。

他人事《ひとごと》として「へえ、そうなんだ」程度に思えなかったのは何故なのか。その理由を考えるのが恐ろしくて、朽木は堅く目を瞑《つぶ》って考えを振り払う為に何度も頭を振った。


その後のショッピングモール視察も上の空で過ごし、朽木はホテルに戻ると、体調が優れないからと理由をつけて、部屋に閉じこもった。病院で診て貰った方がと心配してくれる上杉には申し訳なかったが、体調ではなくて、精神状態がどうにもならなかった。

「何を考えてるんだ……俺の頭は…」

自分自身の思考回路が理解出来ない余りに、つい、意味不明の呟きを漏《も》らしてしまう。こんな状態では上杉だけじゃなく、赤の他人からも怪しまれかねない。自室であれば、何をどんなに呟いていても迷惑はかけない。ベッドで悶々《もんもん》としながらごろごろと左右へ転がる朽木は、誰にも見せられない状態だった。

「いかん。マジで、駄目だ」

一之瀬の行動に対し、嫉妬めいた感情を抱いてしまうなんて。自分はどうかしてしまっている。嫉妬…とまではいかないのかもしれないけれど、どきりとしてしまうのが間違っている。ゲイだと思っていた一之瀬が女性とキスしていたのに驚きはしても、「へえ」くらいで済ますべきだ。

最初はどういう関係の相手なのかと思ったが、キスするような間柄というのは限定される。同僚でも、職務に絡んだ関係者でもないはずだ。ゲイだと聞いていたから、疑問は残るものの、彼女というのが一番理解しやすい線だろう。

もし、彼女であったとしたら…自分にとっては都合のいい話だ。彼女じゃなくて、肉体関係があるだけの相手だとしても、この際いい。そっちへいってくれるのなら大歓迎だ。自分にちょっかいを出しておきながら、他にも相手がいたのかという怒りはこの際、無視するべきだ。何はさておき、一之瀬には自分以外の相手に目を向けて貰わなければならない。

そんな風に論理的に考え、もやもやを解消しようと朽木は懸命になったが、なかなかうまくいかなかった。こんな時は酒を飲んで寝てしまうに限るが…。

「……俺は二度と…飲まないんだ」

何度も破っている誓いであるが、今度こそという思いがある。一人で飲むのなら誰にも迷惑はかけないし…という誘惑の声は強く振り切った。ベッドで蹲《うずくま》りながら、時折ごろごろと転げ回るという妙な行動を続けていた朽木の部屋に、チャイムの音が響いたのは夜の九時を過ぎた頃だった。

「……………」

寝てしまおうと思っても全然寝付けないでいた朽木は、よろよろとベッドを下りた。上杉が心配して様子を見に来てくれたのだろうと思い、何気なくドアを開ける。

「…すみません…」

心配をかけたのを詫びつつ顔を上げると、目の前に一之瀬が立っていた。ずっと彼のことばかり考えていたから、声も出なくて、朽木は硬直する。

「…！」

目を丸くする朽木を一之瀬は微《かす》かに眉《まゆ》を顰めて見た。それから「話がある」と言い、部屋に入って来ようとしたが、朽木は慌ててドアを閉めた。が、一之瀬はドアと敷居の隙間《すきま》に脚を差し入れており、強引に開けようとする。

「っ…は、放せって…！」

「話があると言ってるだろう」

「話なんか、ない！」

「昨夜のことを謝りたくて来たんだ」

「そんなことはもういい！」

東との関係を疑われ、乱暴を働かれそうになったのは許しがたいことではあったが、ビーチで受けた衝撃の方がずっと大きくて、どうでもよくなっていた。東から向けられた問いかけについて考えていた内容も、何もかも吹っ飛んでしまった。

それくらい…自分はショックを受けているのだと思うと、胸が苦しくなる。朽木にとっては認められない感情だけに、その苦痛は大きくて、絶対に一之瀬を部屋に入れたくなかった。

「帰れよ！　騒ぎになったら困るだろ？」

「朽木こそ」

「絶対、入れないからな！」

「…そんなに怒ってるのか」

断固として入室を拒否する朽木に、一之瀬は溜め息を吐いて「すまなかった」とドア越しに詫びる。謝りに来たとは言ったけれど、殊勝な態度は一之瀬らしくないように感じて、戸惑いを覚えた。一瞬、気が緩んでドアを引く手を緩めそうになったものの、頭の隅をビーチで見た光景が過《よ》ぎって腕が強張《こわば》る。

こんな風に意固地になっているのは…昨夜のことを怒っているからじゃない。自分に対する苛《いら》つきがもやもやとした感情になり、朽木は眉間《みけん》に深い皺《しわ》を刻んだ。

「帰れって」

「……」

冷たさの混じった低い声を聞いた一之瀬は、外側からドアを引いていた手を緩めた。もう一度「悪かった」と詫びる声は真剣なもので、一之瀬が深く反省しているのが伝わって来た。

「つい…かっとなって…。二度と…あんな真似はしないと誓う」

「……」

「許してくれ」

ドアの向こうにいる一之瀬の姿は見えなくとも、昨日見た、哀しそうな表情を浮かべているような気がした。あれもらしくなかったけれど、こうして素直に謝りに来るのも一之瀬らしくない。でも、自分は「らしくない」と思えるほど、一之瀬のことを知っているのだろうか？

ビーチで見たのも一之瀬「らしくない」姿だったのではないか？

躊躇《ためら》いが言葉を奪い、沈黙に陥る朽木に諦めをつけた一之瀬がドアと敷居の間に挟んでいた脚を引く。ノブを摑んだままだったから、反射的にドアが閉まり、バタンと音を立てる。

「また来る」

ドアの向こうから聞こえる一之瀬の声を耳にした途端、力が抜けるように感じて、朽木はその場に座り込んだ。本当は…心の何処かで行って欲しくないと思っている。あれは何だったのかと、問い詰めたい。本当は…どういうつもりなのか、確かめたい。

「……何してんだよ…」

自分自身が分からず、途方に暮れた気分でドアに凭《もた》れかかった朽木は、長い間、そこから動けなかった。

自分の気持ちがさっぱり理解出来ず、へこんだままベッドに横になったものの、その夜は全く眠れなかった。そのまま朝になり、目の下にクマを作ってレストランへ赴くと、上杉も同じように疲れた顔で座っていた。

「おはようございます〜。朽木さん、昨夜、顔出せなくてすみませんでした。体調は大丈夫ですか?」

「はあ、なんとか。上杉さんの方が元気ないような気もしますけど」

「ちょっと飲み過ぎちゃいまして…」

二日酔いだという上杉は朽木以上に弱っていて、ジュースしか飲まなかった。朽木も食欲はなかったが、昨夜も食べずじまいで寝ている。視察中に空腹で目が回っても困るので、無理矢理にでも腹を膨らませた。

前日と同じく、カルディグラ観光省のお勧めスポットをバスで巡るという視察は、気楽なものだったが、悩み事が多過ぎるせいで全てが憂鬱《ゆううつ》に感じられた。前日は朽木の体調を心配していた上杉も、二日酔いのせいで言葉少なで、ほとんど何も話さずに一日を終えた。

その日は視察の最終日で、カルディグラ最後の夜ということもあり、会議の参加者で集まって打ち上げをしようという話が出た。だが、朽木はとてもそんな気にはなれず、体調が悪いのを理由に断った。二日酔いの上杉も辞退するというので、一緒に宿泊先のホテルへ帰った。

「残念でしたね。打ち上げに参加出来ず…」

「上杉さん、顔だけでも出して来たらどうですか?」

「いえいえ。また飲まされたら、明日、帰れなくなりますから。今晩はおとなしく部屋で過ごします。朽木さんも体調悪そうだし、早めに休んだ方がいいですよ」

「そうします。ありがとうございます」

上杉とはロビイで別れ、朽木は部屋へ戻る前にホテル前のビーチへ向かった。昨夜一晩、部屋で悶々としていたから、閉じこもるのに飽きてしまっている。しばらく海でも見てから戻ろうと決め、ビーチに面したバーで飲み物を頼んだ。

ちょうど夕日が沈む頃で、鮮やかな橙色《だいだい》に海が染まっている。南国のフルーツを使ったノンアルコールカクテルは甘く、ピッチは進まない。ちびちび飲んでいる間も、東と一之瀬の顔が脳裏に浮かんでいた。カルディグラを出たら、東には次にいつ会えるか分からない。しかし、一之瀬は違う。恐らく、また自分の前に現れるに違いない。

「なにぼんやりしてんだよ」

「!」

頬杖を突いて考え込んでいた朽木は、背後から聞こえた声に驚いて姿勢を正す。振り返って確認する前に、東が隣の椅子に座っていた。

「東…」

「朽木、明日、帰るのか?」

つまらなさそうな顔で尋ねる東に頷き、昼の便で発つ予定であるのを伝える。東は手を挙げてボーイを呼び、モヒートを二つ頼んだ。

「おい。俺は飲まないぞ」

「いいじゃないか。最後の夜なんだ」

「でも…」

「カルディグラ最後ってだけじゃない。俺と、朽木にとって最後の夜になるかもしれないんだ」

東の顔は笑っていたが、声音は真面目なものだ。朽木は微かに眉を顰め、小さく息を吐く。朽木自身、カルディグラを出たら東とは次に会えるのはいつになるか分からないと考えたばかりだった。

「日本には帰って来ないのか?」

「帰ったら逮捕されるんだ」

「……」

最初は根も葉もない噂《うわさ》だと言っていたが、今は一之瀬から聞いた話の方が事実であったと朽木も分かっている。肩を竦《すく》めて「逮捕される」と口にする東に朽木は真剣な口調で窘《たしな》めた。

「悪いことをしたと思ってるなら、ちゃんと償えよ。それからやり直せばいい。いつまでも逃げ回ってはいられないと思うぞ」

　正論を向けられた東は苦笑し、頬杖をついて次第に暗くなっていく海を眺めた。その横顔はとても寂しそうに見え、朽木は以前、一之瀬に話したことを思い出す。東に復讐《ふくしゅう》すると言う一之瀬に、復讐などせずとも悪いことをしている奴には、天罰が下るものだと告げた。

　こうして東を見ていると、自分の言葉は図らずも当たっていたのだと実感出来る。どんなに金があっても、自由があっても、今の東はきっとしあわせじゃない。

「東…」

　自分に言えることは少ないけれど、旧友の為に言葉を尽くそうとした時、モヒートが運ばれて来た。東はテーブルに置かれたグラスを朽木に勧める。飲まないと言ったものの、最後というのが効いていて、仕方なくグラスを手にした。

「…一杯だけなら」

「モヒートは、な」

　にやりと笑う東に顰《しか》めっ面を返し、グラスを掲げて乾杯した。カルディグラ最後の夜に。東との夜は、旧友として、最後にならなければいいと願い、爽《さわ》やかなカクテルに口をつけた。カリブの島で飲むラムを使ったカクテルは最高だ。日本で同じものを飲んでもこうはいかないだろう。

「お前さ。マジで、これからどうするつもりなんだよ?」

「心配してくれるのか?」

「当たり前だろ。友達なんだから」

朽木としては当然の理由だったのだが、東は驚いたような表情になった。怪訝に思って、

「なんだよ?」と聞くと、東は照れくさそうな笑みを浮かべる。

「朽木が友達だと言ってくれるのが嬉《うれ》しくて」

「何言ってんだ。俺、友達少ないんだよ。お前みたいな奴でも大事に思ってるって」

「そうなのか?」

益々嬉しいというように笑う東は、見れば見るほど、昔と同じだ。何処がどう間違って、詐欺なんて犯罪を働くようになってしまったのか。高校の頃も東には危ういところがあって、親しくつき合っていた朽木でも踏み入れない部分があった。

今も東は同じで、こうして笑顔を見せていても、何かを抱えている。何とかしてやりたいとも思うけれど、自分では力が及ばないのは事実だろう。

「もっと地に足着けて、働くとかしろよ。いつまでも若くないんだし。もう三十過ぎてんだぞ。俺たち」

「朽木が一緒にいてくれたら頑張れるかもしれない」

「バカなこといってないで…」

「一之瀬なんかより、俺の方が絶対にいいに決まってる」

　昨日、同じような台詞《せりふ》を向けられた時にはまだ、一之瀬のキスシーンを見てはいなかった。一之瀬の名前を聞いた途端、ビーチでの光景が脳裏に浮かんで顔が強張る。東には悟られたくなかったけれど、間近にいるのだからごまかしようがない。

「……。何かあったのか？」

「…別に」

　何もないと言い切って、朽木はグラスのモヒートを飲み干した。爽やかなミントの味がほろ苦く感じられるのは気のせいだ。空になったグラスを置くと、東が手を挙げてボーイを呼び、カルディグラ・ラムを頼んだ。

「俺は飲まないからな」

「まあまあ」

　一杯だけならいいだろ。気軽な感じで言う東に溜め息を吐き、朽木は海を眺める。一之瀬に対してこんなもやもやした気持ちを抱いているなんて…本当はあり得ないのに。いっそ海に流してしまえたら…なんて思いながら、いつしか東が注ぐカルディグラ・ラムに手を伸ばしていた。

逃避願望を抱きながら酒を飲むというのは危険だ。順調だった人生にケチがつき、酒による悪癖が出るようになってから、朽木はそれを肝に銘じて来た。だが、言い換えれば、肝に銘じなくてはいけないほど、朽木の飲酒量には「逃げ出したい」という気持ちが影響していた。

その時の朽木は何もかもから逃げ出したくなっていた。それまで、色んな苦難に遭遇してきたけれど、自分でも理解出来ない状況が酒を進ませた。よって。

「朽木。大丈夫か？」

「ん……」

飲まないと宣言したにもかかわらず、酒に逃げ込んでしまった結果、いつしか酔い潰《つぶ》れていた。東の声は聞こえるのに、まともな返事が出来ず、テーブルに突っ伏したまま小さく頭を動かして相槌を打つ。

「仕方ないな」

呆れた声が聞こえるのと同時に身体が浮く。抱えて運んでくれようとしているのが分かって、平気だと言おうとしたがうまく口が回らなかった。そのまま、朽木は東に抱えられ、自分の部屋へ運ばれた。

東が歩く振動が心地よくて、眠りそうになっていたけれど、ベッドに下ろされてはっと意識が戻る。閉じていた目を開ければ、東の姿が見えて、朽木は肘をついてのろのろと上半身を起こした。

「…ご…めん…」

「謝らなくていい。水は?」

「ん…」

こくりと頷き、東に水を持って来て貰う。冷たい水が酔った身体にはとても美味しく感じられて、朽木は一気に飲み干した。空になったグラスを朽木から受け取った東は「お代わりは?」と尋ねる。

「いい。…ごめん、東…迷惑かけて」

「全然、迷惑じゃないって。…大丈夫か?」

「ん……」

「一之瀬と…なんかあったのか?」

心配してくれる東に頷いた朽木は、一之瀬の名前を耳にして表情を硬くする。飲み始める前にも同じように反応した自覚はあって、ごまかしきれないとは思ったが、「別に」と首を横に振った。

ビーチで目撃した光景を気にしているとは、誰にも言えない。朽木自身、認められない事実だ。俯いて頭を押さえる朽木に、東は続けて尋ねる。

「喧嘩でもしたとか?」

「そんなんじゃ…ない」

「厭《いや》なことを言われたとか?」

「違うって」

東の問いかけに続けて首を振り、大きな溜め息を吐いた。昨日、東に向けられた質問が頭に浮かぶ。一之瀬が好きなのか? まさかと笑い飛ばそうとしたのに、出来なかった。自分自身にそういう自覚はないけれど、一之瀬の方はどうなのか、分からなかった。

つき合わないかと言われた時はあり得ないと思ったし、半信半疑でもあった。性的指向の問題だけでなく、一之瀬と自分では不釣り合いだと思ったからだ。本気だとは思えていなかったのに、忙しい仕事の合間を縫って現れたり、思いがけずにカルディグラで会えたのを嬉しそうに喜んでいたり。

東の挑発に本気で怒ったのも、彼への対抗心からだけでなく、自分への気持ちが大きいからなのではないかと思えた。でなければ、あんな風に謝りに来ないだろう。

でも…。

「朽木?」

一之瀬が女性とキスしている姿を思い出しかけた朽木は、東の声にびくりと身体を震わせた。歪んだ顔を上げれば、東が苦笑するのが見える。

「なんて顔してんだよ」

「……」

「俺なら朽木にこんな顔させないけど」

余裕のある口調でそう言うと、東はベッドの上にあぐらをかいていた朽木の肩を摑んで転がした。酔っていた上に一之瀬のことで頭がいっぱいだった朽木は油断していて、簡単に組み敷かれてしまう。

「っ…東…っ…！」

「やけ酒飲ませるような男はろくでもないぜ」

間近にある東が笑みを消し、真剣な顔で言うのを聞いた朽木は、一瞬、身体に込めていた力を抜いた。やけ酒なんかじゃない。ただ…自分が勝手にもやもやしているだけだ。そして、それが一番理解出来ないでいる。

朽木は自分自身に対して厭気《いやけ》を覚え、八つ当たりみたいに語気を強めて「放せよ」と東に言った。けれど、両手を拘束している東の力は緩まず、真上から前にも聞いた台詞を告げられる。

「一之瀬より俺の方が絶対にいいって」

「…っ…だから、俺はそういうんじゃないし、俺たちは友達じゃないか」

「一之瀬は？」

「…っ…。とにかく、放せって…！」

いい加減にしろと苛立ちを込めて東を睨み、全身を使って抵抗する。だが、元々、自力で部屋に戻れなかったほど酔っていたのだから、まともに力が入る筈《はず》がない。それに素面《しらふ》であっても、場慣れしている東にはかなわなかっただろう。

「っ…東…っ…」

「一之瀬のことなんか、忘れさせてやるよ」

低い声が耳元で聞こえ、ざわりと不快感が走る。東の声は聞き慣れたものだし、不快に感じたことなど一度もない。なのに、厭気を覚えて、朽木はさっと顔を背ける。

だが、東は執拗《しつよう》に追って来て唇を重ねようとした。必死で抵抗を続けていたものの、急激に動いたせいで酔いが回り、頭が朦朧《もうろう》として来る。そのせいで僅《わず》かに出来た隙を突かれ、強引に口付けられた。

「っ…ん……」

柔らかな唇の感触が気持ち悪く感じられて、背中に寒気が走る。それまで感じたことのない、何とも言えない嫌悪感が腹の底から湧き上がって来て、パニックに陥った。

厭だと強く拒絶する気持ちが、火事場の馬鹿力を生んだ。朽木はあらん限りの力を振り絞って東の手から逃れ、彼を突き飛ばしてベッドから転がり落ちる。バランスを崩した東が体勢を立て直す前に、床を這《は》いずってバスルームへ逃げ込んだ。

ドアを閉めると急いで鍵《かぎ》をかけ、その場にへたり込む。酔いと動揺でくらくらする頭を抱えて蹲っていると、ドア越しに東の声が聞こえた。

「朽木、出て来いよ！」

「っ…帰ってくれ！」

「分かった。朽木がOKしてくれるまで、何もしないって約束するから」

何があってもOKなんてする気はない。朽木は帰れと繰り返してから、口元を両手で覆った。東とキスしてしまった…。指先で唇に触れると、口付けた時に感じた嫌悪感が蘇ってくるような気がする。

どうしてあんなに強く厭だと思ったのだろう。酔うとキス魔と化すという悪癖がひどかった頃は、誰彼構わずキスしていた。一之瀬にも酔っ払ってキスをせがんだことがあり、情けない姿を動画で確認している。

一之瀬とキスする時に厭だと思ったことはない。この前など、ワインを一杯しか飲んでなくてもキスしてしまった。相手が昔からの友人である東だからなのだろうか。まだ酔いの残っている頭では深く考えられなくて、朽木は大きく息を吐いた。ドアに凭《もた》れかかると、そのままずるずると滑り落ち、バスルームの床に寝転がる。

「朽木。ここ、開けて」

「……」

横になると睡魔が襲って来て、東に応えるのも億劫《おっくう》になった。早く帰れよ…と心の中で呟き、東が帰らなかったとしても、酔いが醒《さ》めるまではここから出ないと決めた。酔っ払った状態では満足に言い返せないし、抵抗も出来ない。このまま寝てしまおうと、朽木が自棄《やけ》気味に思った時だ。

「……」
部屋のチャイムが鳴る音がバスルームにいる朽木にも聞こえた。はっとして顔を上げ、眉を顰める。上杉かもしれない。東に出ないように言おうとしたが、彼の行動の方が早く、出入り口のドアの方へ向かう足音が聞こえた。

「……」
東が上杉にどういう対応をするのかは気になったが、だからといって、バスルームを出る気にはなれなかった。これ幸いと、東に捕まえられるのは目に見えている。どうせ上杉とも明日でお別れだし、どういう誤解をされたって構わないと開き直った。

だから、朽木は再びバスルームの床に寝転び、行動を起こさなかった。遠くで話している声が聞こえたが、会話の内容ははっきりと聞き取れない。何でもいいや…と投げやりな気分で、すうっと睡魔に引き込まれるように目を閉じる。
そのまま寝てしまいそうだったのだが、コンコンとバスルームのドアをノックする音に意識を引き戻された。

「…朽木、大丈夫か？」
「…‼」

ノックに続いて聞こえたのは東ではなく、一之瀬の声だった。朽木は飛び起きて、めまいのする頭を押さえながら、ドアの向こうへ問いかける。

「い…一之瀬…？」

「ここを開けてくれ」

「ど、どうして…っ…、東は…!?」

「追い返した」

険のある声で言い、一之瀬は「開けてくれ」と繰り返す。朽木が迷いながらもドアのロックを解除すると、一之瀬が扉を引いた。

「………」

バスルームの床に座り込んだまま一之瀬を見上げれば、何とも言いようのない…不機嫌なのだけど、それを抑えているといった…顔つきで立っていた。そんな表情でも、一之瀬の顔を見たら、何故だか身体から緊張が抜けていくような感覚がして、朽木は項垂《うなだ》れる。

「………」

本当に自分はどうかしている。一之瀬を見ただけで……安心するなんて。東も一之瀬も、自分にとっては厄介な存在であり、大差はないのに。

どう捉えたらいいか分からない気持ちを抱えて俯いたままでいる朽木の前に一之瀬はしゃがんで、「酔ってるのか？」と聞いた。

「……」

「あいつと飲んでたのか?」

「……最後だから…って…言われて…。俺は明日、帰国するから…。そしたら、東とは次にいつ会えるか…分からないし」

「……。朽木は無防備過ぎる」

「……」

一之瀬に言われる筋合いではなくて、朽木はむっとした。そこにつけ込んで、最初に自分をいいようにしたのは一之瀬だ。そもそもこんなおかしな事態になってしまっているのだって、一之瀬が元凶なのだ。

こんな……腑《ふ》に落ちない思いを抱いているのだって…。

「東に何かされたのか?」

「…お前には関係ないだろ」

「関係なくはない」

「ほっとけよ。お前も帰れ」

俯いたまま一之瀬に帰るよう促したが、彼が立ち上がる気配はない。眉間に皺を刻み、朽木が渋々顔を上げると、一之瀬は真剣な表情の中に心許なげな色合いを浮かべていた。それまでの一之瀬とは違う雰囲気を感じて、朽木は戸惑う。

昨夜、一之瀬が謝りに来た時はビーチでの一件が気になっていて、部屋に入れなかった。ドア越しにやりとりをしたのだけど、殊勝な雰囲気が感じられ、どんな顔をしているのか見えるような気がした。きっと、昨夜もこんな表情で謝っていたに違いない。

じっと見つめる朽木に、一之瀬は再び自分の行動を詫びる。

「…一昨日は…すまなかった」

「……」

一之瀬は昨日と同じく、謝りに来たのだと分かって、朽木は小さく息を吐いた。ビーチで見た光景が衝撃的過ぎて、正直、乱暴されかかった記憶は薄くなっているのだけど、一之瀬は違うらしい。自分でも我を失くしたことを強く後悔しているのだろう。

感情的な一面を晒《さら》してしまったのも、悔やんでいるのかもしれない。一之瀬の気持ちは理解出来ると思い、朽木は無言で頷いた。

「……もう…いいよ」

小さくつけ加え、息を吐く。東のことで疲れ果てたし、もう眠りたい。一之瀬に「帰れよ」と告げ、立ち上がろうとした朽木は足下をふらつかせた。それを一之瀬がすかさず支え、「大丈夫か?」と尋ねる。

「………」

一之瀬の行動はごく自然なもので、他意は感じられなかった。なのに、自分がどきりとしているのが分かって、朽木は戸惑う。そんな気持ちを抱えたまま一之瀬を見たら、目が合った瞬間、抱き寄せられた。

「っ……ん…」

続けてキスされて、朽木は反射的に抵抗しようとしたものの、他の考えが過ぎって動けなくなった。さっき、東に口付けられた時とは全然違う。ぞっとするほどの嫌悪感を覚えたのに、一之瀬は逆だ。

唇が触れたとこが熱くなって、一之瀬との甘いキスを身体が求めている。身体だけじゃなくて、心も許しているのが分かって、せつなくなった。

「………ふ……」

相手が変わるだけで、同じ行為がこうまで違うものになるなんて。新鮮な驚きは抵抗を忘れさせ、一之瀬の口付けを受け入れさせる。柔らかく唇を吸われて、緩く口を開ければ、之瀬の舌が入り込んで来る。

雄弁に動き回る舌を追うように、自分の舌も動かす。快楽を味わおうとする身体は素直で、いつしか一之瀬の背に手を回していた。

「…ん…っ……ふっ…」

一之瀬とは何度もキスしているから、どれだけいいかも知っている。際限なく求めてしまうのを止められなくて、朽木は熱心な口付けを続けた。激しいキスを交わしている内に、自分で身体を支え切れなくなった朽木は、一之瀬の身体にしなだれかかる。一之瀬は朽木の身体を抱え上げると、ベッドへ移動させた。

「っ…あ……ふ…」

ベッドに身を横たえた時、頭の隅で何をしてるんだろうという思いが浮かんだ。東から必死で逃げたばかりなのに、一之瀬と同じことをしようとしてるなんて。一之瀬だって、自分にとってはあり得ない相手なのに。

それに、一之瀬は……。

「……っ…」

ふいに一之瀬がビキニ姿の美女とキスしていた光景を思い出し、朽木は動きを止めた。それを不思議に思った一之瀬が朽木の顔を覗き込む。

「……どうした?」

「…俺は……」

お前とこんなことをしたくない…という言葉が頭の中に浮かんでいたけれど、声には出せなかった。東との口付けは強く厭だと思ったのに、一之瀬とは唇を重ねただけで、欲望が湧き上がった。不本意ながら、一之瀬とのキスに慣れ始めているから…というわけではない気がして、辛くなる。

きっと、酔えば誰とでもキス出来るという悪癖は、今の自分からは消えている。一之瀬としか…出来ないに違いない。そんな事実は認めたくないものだったし、更に、ビーチで見た光景が朽木を苦しめた。

彼女と一之瀬がどういう関係かも分からないのだから、キスなんてするべきじゃない。一之瀬が彼女と関係を持っているのだとしたら…それは喜ぶべきことなのだ。あっちの方が、ずっと一之瀬にはお似合いなのだから。

「………」

「朽木……」

溢《あふ》れ出しそうな思いを抱えているのに何も口に出来ない朽木の名を呼び、一之瀬は再び唇を重ねる。朽木はそれを拒絶出来なくて、口内を探って来る一之瀬の舌を迎え入れた。口腔《こうこう》内をくまなく舌先で愛撫《あいぶ》して来る一之瀬に翻弄《ほんろう》され、身体がどんどん熱くなっていく。

「…っ…ん……ふ……」

濃厚な口付けによって朽木自身は形を変え始めていた。チノパンの下で存在を主張し始めているものを、一之瀬は布越しに摑んだ。思わず驚いて口付けを解き、朽木は眉を顰めて抗議する。

「っ…や…め…っ…一之瀬…」

キスで感じてしまっていても、それ以上の行為に及ぶのには躊躇いがあった。アルドキルドで抱かれた時はもっと酔っていたし、一度しているのだからと自分を納得させられた。既成事実があるのは今も同じだが、以前とは違う複雑な思いがある。

駄目だと制しようとする朽木を、一之瀬はやんわりといなして、朽木自身の形をなぞるようにして指を動かす。抵抗しなければと思っていても、一之瀬から与えられる刺激を身体は喜び、いつしか腰を揺らめかせていた。

「……んっ…だ…、め…」

皺を刻んだ眉間に一之瀬の唇を感じる。頬や鼻筋、瞼《まぶた》や額にも。くすぐったいような触れるだけのキスをしたり、唇の温度を伝染《うつ》すように長く口付けたり。愛おしげなキスを落とされるのが堪らなく感じて、朽木は口を開いて緩く息を吐き出した。

「は…あっ…」

朽木の甘い吐息を一之瀬はすかさず吸い取って、欲望を唆《そそのか》すような口付けをする。唇を重ねてしまえば一之瀬の思い通りになってしまいそうな予感がして、いけないと思っていたのに、快楽には勝てなかった。

「っ…ん…」

チノパンのボタンを外し、一之瀬が中へ手を忍ばせて来るのを受け入れてしまう。下着越しに弄《いじ》られるのはより直接的に感じられて、鼻先から甘えた声が漏れた。いけないという警鐘はまだ鳴っていたけれど、一之瀬の手をはね除《の》けることは出来なかった。

深くて長いキスがもたらす快感は、アルコールの酔い以上に朽木を蝕《むしば》み、思考を奪っていく。

もっと…と貪欲《どんよく》に求め始める身体の欲求に勝てず、一之瀬に促されるままに腰を上げ、下衣を脱がせる彼に協力していた。

「…あ……ふ……だめ…っ…」

摑んだ脚を開いて、中心に顔を埋める一之瀬を制する声は小さく、掠《かす》れている。反射的に一之瀬から逃れようとして髪を摑んだけれど、その力も弱くて、形ばかりの抵抗だった。

それよりも、一之瀬に舐《な》められるのを期待している身体が、どんどん温度を上げて行く。

「あっ……や…っ…」

勃起したものを指で支え、根元から舐め上げる。アルドギルドで一之瀬に口で愛撫された時も堪らなく感じた。同じ男であるせいか、経験数が違うのか。一之瀬の愛撫は的を射た巧みなもので、朽木は昂《たか》ぶる速度を抑えられなかった。

「…っ……んっ……や…っ…」

反応が早すぎる自覚はあって、抑制しなければと思うのにコントロールが利かない。先走りを漏らして反《そ》り返るものを、一之瀬は根元まで口に含み、唇を使って扱き上げる。

液や粘膜の擦れ合う音がいやらしく響くのが耳に届いて、朽木は両手で顔を覆った。こんなことを…と思うよりも、感じている身体が求める要求の方が思考を支配していた。もう達してしまいたい。そんな欲望が腰を揺らし、一之瀬に望みを伝える。

「んっ…あっ」

唾液《だえき》と先走りで濡《ぬ》れたものを指できつく扱かれ、朽木は突如《とつじょ》高まった衝動に身を震わせた。駄目だと思って身体を竦ませたものの、間に合わず、昂ぶりを解放してしまう。

「っ…や…っ…ご…めっ…ん」

我慢出来ずに達してしまった先は一之瀬の口内で、朽木は慌てて詫びた。けれど、一之瀬は望んで朽木が放ったものを飲み干し、液を舐め取る。そんな行為は申し訳なさを募らせ、一之瀬の顔が見られない気分になった。

「……も…う…、やめろ…って…」

達した後も舐めるのをやめない一之瀬を窘《たしな》め、開かれている脚を閉じようとしたが、押さえつけられたままだから自由にならない。「一之瀬」と呼ぶ掠れた声に答えず、一之瀬は脚の間から顔を上げると、朽木の腿《もも》を摑んで腰を上げさせた。

「っ…」

身体を折り曲げる体勢に息苦しさを覚えて眉を顰めるのと同時に、敏感な部分を舐められる感触がして、息を呑んだ。下肢をびくりと震わせる朽木の腰を動けないように抱え込んで、一之瀬はまだ硬さを失っていない朽木自身から、後ろの孔へと舌を這わせる。

「んっ……あっ…」

体勢が苦しいだけでなく、恥ずかしい上に、強烈な快楽を感じて何がなんだか分からなくなる。一之瀬と名前を呼んで止めさせたかったが、気管が圧迫されていて息をするのがやっとだ。

後ろを舐められるのは勃起しているものを扱かれるのより強い刺激があって、感じる度に足先が跳ね上がる。

「…っ…あっ……や…っ」

ぎゅっと窄《すぼ》まった入り口付近を緩く舐めていた舌が、中心をこじ開けるようにして中へ入ろうとする。唾液や吐き出した液を丹念に含められた孔は少しずつ緩んでいき、一之瀬の舌を受け入れていく。

細かな動きの一つ一つが堪らなく感じられて、朽木自身は再び硬さを取り戻していた。後ろに快楽を感じる度に、その先端から液が溢れ出す。舌や唇を巧みに使って後ろを解して来る一之瀬に、朽木は懸命に息を吸って訴えた。

「……や…っ…だ……」

脚の震えは止まらず、達したいのかどうかも分からないくらい、感じ過ぎている。後ろを嬲《なぶ》るのはもう止めて欲しいと必死で伝える朽木の意をくみ取り、一之瀬は脚から手を離し、解放した。

拘束されていた脚がトろされると、朽木は荒く息を吐いて身体を投げ出す。脚の震えは止まらず、酔いと快楽で頭はぼうっとしたままだった。それでも、一之瀬が服を脱いでいる気配は分かって、両手で顔を覆う。

アルドギルドで抱かれた時は妙な誤解をしていた上に、究極とも言える事態に陥っていたから、冷静な判断が出来なかった。でも、今日は…。酔っているのは確かだが、言い訳にはならない。他に…自分がこんな真似を許している理由を探していると、裸になった一之瀬が覆い被さって来る。暖かな人肌を感じるだけで、甘い吐息が零れて胸が苦しくなった。

「…朽木……」

低い声で名前を呼ばれて目を開けると、唇が重ねられる。柔らかな唇を咬《か》み合って、舌を絡ませる。淫《みだ》らな口付けを続けながら、潤滑剤で濡らした指が後ろを解して来るのを受け止めた。

「っ…ん…」

舌で愛撫された孔は緩んでおり、一之瀬の指を難なく迎え入れる。奥まで進んだ指がぐっと内壁を突いて来ると、思わず高い声が漏れた。

「あっ…ふ……」

根元まで含ませた指を揺らしたり、細かに動かしたり。一之瀬がもたらす刺激を求めて、朽木の内壁は長い指に絡みつく。それが二本に増やされると内側の動きが大きくなり、身体が一之瀬自身を求めているのが分かった。

こんな風に反応を見せてしまうのは不本意だけれど、一之瀬がもたらす快楽を望む身体を諫《いさ》める方法は一つしか思いつかない。朽木は熱心に口付けながら、一之瀬と繋がった時の感覚を思い出していた。

頭が真っ白になるほどの快楽は、キスでも口淫《こういん》でも味わえないものだ。それで感じてしまうというのは、本当は…認めたくないけれど…。

「…朽木の中、すごくうねってる…」

「っ…」

キスを解いた一之瀬が耳元で囁くのを聞き、朽木は唇を噛む。どういう状態になっているのかは自分が一番よく分かっている。熱く疼《うず》いている中は、僅かに想像しただけでも、一之瀬の指を物欲しげに締め付けてしまう。

どうしたいのかも、初めての経験じゃないから、分かっている。だが、到底自分から望めることではなくて、朽木は一之瀬の首に腕を回して引き寄せた。肩に顔を埋め、首筋に唇をつける。長く愛し合った唇は熱くなっていて、一之瀬の肌の冷たさが心地よく感じられる。

こんな風に…甘えた仕草で男相手に欲望を伝えるなんて。あり得ないと思ってはいるのに。

「…あ………ん…っ…」

後ろから一之瀬の指が引き抜かれる感触に、朽木は短い声を上げて身を竦ませた。きゅっと収縮する内壁は物欲しげだ。仕方のない自分の身体に溜め息を漏らすと、一之瀬に脚を抱えられた。

潤んだ孔に一之瀬の熱さを感じ、身体が緊張する。力を抜くように命じて来る一之瀬に頷き、朽木は大きく息を吐き出した。

「っ…はあ…っ…」

硬いものに圧し開かれる感覚は息苦しく、何とも言えない辛さを伴う。それでも奥へ進んで来る一之瀬を歓迎して、熟れた裡《うち》は淫らに締め付けようとする。出来る限り脱力して、一之瀬を根元まで含んでしまうと、朽木は甘い声を零した。

「ああ…っ…」

「…いいか?」

苦笑混じりに聞いて来る一之瀬には正直に答えられなかったけれど、繋がっただけでもひどく感じていた。中にある一之瀬は指とは違う存在感で、感じる場所全てに届いている。限界まで反り返った前は達したばかりの時のように、どくどくと液を漏らしていた。

「っ…ふ……あ……」

一之瀬は馴染《なじ》むのを待って動いていないのに、感じるのを止められない。繋がっているだけでも身体がひどく昂揚《こうよう》してるのが分かって、朽木は一之瀬の背に手を回した。ぎゅっと力を込めて抱きつき、耳元で「ごめん」と詫びる。

「何が?」

「は…っ…んっ……だって……」

「覚えかけの身体ほど可愛《かわい》いものはない」

朽木が好きなように感じたらいい…と一之瀬が低い声で言うのを聞いただけで、ぐっと下腹が重くなり、欲望が破裂していた。液が漏れ続けていたのは分かっていたけれど、吹き出すよ

うな感覚がして、情けなくなる。

こんなに…感じてしまうなんて。自分の身体はどうかしてしまったのだ。結婚に失敗してから、何にも興味が湧かなくて放置していたつけが回って来ているのだろうか。

でも…そうしたら、東とのキスにも溺《おぼ》れていたのではないか。考えたくない疑問に眉を顰めると、一之瀬が眉間に口付けて来る。

「…難しいことは考えなくていい。朽木が満足するまで…何度でもしてやるから」

「……。いや……一之瀬……」

何度でも…と一之瀬が言うのを聞き、快楽に溺れていた朽木の頭ははっとする。ものすごく感じているのは認めるし、繋がっただけで達してしまったのも事実だ。だが…明日は帰国日で…長時間のフライトが…。

「あっ…！」

一度だけで十分だと言おうとした朽木は、一之瀬が突然腰を揺らし始めたのに言葉を奪われた。硬く大きなもので力強く内壁を擦られる快感は、現実的な思考を簡単に失わせる。いけないと思いながらも欲望に勝てなくて、一之瀬と生み出す蜜の味を意識がなくなるまで満喫した。

最大の問題…同性である一之瀬と肉体関係を持つという…もさることながら、一之瀬に対する複雑な心情や、彼が女性とキスをしていたことなど、問題山積みの中で再び一之瀬に抱かれるというのはあり得なかった。何度も破ってしまっている禁酒の誓いといい、自分は何処まで優柔不断に出来ているのだろうと、深い後悔の中で目覚めた翌朝。

「………」

一之瀬の寝顔が目の前にあって、朽木は驚くと共に眉間に皺を刻んだ。寝息も立てずに死んだように寝ている一之瀬を、苦い思いで見つめる。東とキスするのは真剣に厭だったのに、一之瀬とは目が合っただけで、そうなってしまった。

それは何故《なぜ》なのか。真剣に考えたらものすごく厄介な結論が出てしまいそうで怖くなる。険相で寝顔を見つめていた朽木の視線は次第に強くなっていき、その目力に気づいたのか、一之瀬の瞼がぴくりと震えた。

「……」

目覚めそうな気配を察し、朽木は慌てて背を向けようとしたが、遅かった。目を開けた一之瀬と視線が合い、すかさず伸びて来た腕に捕まえられる。

「っ…おい、触るな…」

「何時だ？」

「俺も今起きたばかりだから…知らん」

意識的にすげない言葉を返し、朽木は一之瀬の手を追いやって起き上がる。一之瀬に唆されるままに思う存分抱き合った身体は怠《だる》くて重い。今日はもう帰国日で、この身体で日本まで帰らなくてはいけないと思うと、溜め息が漏れた。

拒否しきれなかった自分は、一之瀬のせいだ…と一方的には責められない。眉を顰めてベッドを下りようとした朽木は、一之瀬の声に呼び止められた。

「朽木」

自業自得だと分かっていても、八つ当たりめいた気持ちを込めた仏頂面で一之瀬を振り返る。

「なんだ？」と無愛想に聞く朽木に、一之瀬は真面目な顔で、前にも聞いた台詞を口にした。

「俺とつき合ってくれ」

「……」

以前、「つき合わないか」と言われた時には、全く考えていなかったから、怪訝に思って思い切り袖にした。あり得ないと強く言い切って断ったけれど、今回は戸惑いが先に浮かんだ。改めてつき合ってくれと言う一之瀬は…あの女性とはつき合っていないのだろうか。無関係なのに、キスしていたというのだろうか。

答えられない朽木に、一之瀬は身体を起こして真面目な表情で続ける。

「出来るだけ時間を作って…一緒に過ごせるようにする」

「……」

「この前のような真似も、二度としない」

堅く誓う一之瀬に朽木は何も言えず、無言で背を向けてベッドを下りた。うまく力の入らない脚でバスルームまで行き、ドアを閉めて溜め息を吐く。

「はあ…」

何言ってんだ、俺はゲイじゃないし、お前とつき合うなんてあり得ない。そう一蹴《いっしゅう》してしまえない自分に苛立ちを覚える。一之瀬の愛撫を拒絶出来ない自分も最低だけど、物理的な快楽には勝てないのだからという言い訳は出来る。けれど、これは…。

もやもやした気持ちを流すようにシャワーを浴び、全身を洗った。頭の痛い問題が山積みではあるが、まずは荷物を纏《まと》めて帰国する準備をしなくてはいけない。一之瀬への返事を迷う自分を棚上げにし、朽木はシャワーを止め、タオルでざっと拭《ふ》いた身体にバスローブを羽織った。

時刻を確認すると、ホテルを出なくてはいけない時間が迫っていた。一之瀬に早く帰るよう促そうと思い、バスルームのドアを開けながら呼びかける。

「一之瀬……」

だが、ベッドに一之瀬の姿はなく、部屋中を見回しても何処にもいなかった。起きてすぐに時間を尋ねた一之瀬は、自分以上にタイトスケジュールなのだろう。普段から多忙な一之瀬だから、時間がなくて、声をかけずに姿を消したのも仕方がないと思えるが…。

「……」

出来るだけ時間を作って…という言葉を耳にしたのは、ついさっきのことだ。別れの挨拶《あいさつ》が欲しかったわけじゃないし、いなくなってくれていた方が面倒も少なくて、ありがたいと思う。なのに…。

「……何なんだよ…」

自分の本心が分からなくて、朽木は溜め息を吐いてベッドに腰掛ける。首にかけたタオルで濡れた髪を拭き、寝乱れたベッドを見つめた。身体と心は別物だから。そんな言い訳さえも今の自分には通じない気がする。一之瀬に傾きかけている自分を否定出来ないまま、朽木はのろのろと荷造りを始めた。

また、一之瀬と抱き合ってしまった…。アルドギルドでのことは事故みたいなもので、二度とないと思っていたのに。今回は二人きりで追い詰められた状況にあったわけじゃない。ただ、東と一之瀬は違う…一之瀬は特別なのだと気づいてしまい、動揺するのを止められなくて流されてしまった。

事実関係を重ねて苦しい立場に追い込まれるのは自分だ。よく分かっていたのに、キス以上のことまで及んでしまったのは…。

「朽木さん、どうかしましたか?」

「…あ、…すみません」

上杉と朝食を食べていたのをすっかり忘れて、悶々《もんもん》と考え込んでいた。心配そうに気遣ってくれる上杉に申し訳ない気分で詫び、ぎこちない笑みを浮かべてコーヒーを飲む。

「これから長く飛行機に乗らなきゃいけないのに、大丈夫ですか？」

「あー…はい。飛行機は慣れてますから。心配させてすみません」

「最初は元気そうだったのに、どんどん疲れていく感じでしたよね。朽木さん。水が合わなかったとかなんですかねぇ」

カルディグラの国自体は気候もよく、宿泊先も高級リゾートホテルであるから、何不自由なく過ごせた。体調が悪そうに見えるのは厄介な問題に頭を悩ませているのと、酒のせいだ。昨夜は酔い潰れた後に一之瀬と激しく抱き合ってしまったから、鏡に映った姿を見て、朽木自身驚いた。

こうして真っ青な海が見える最高のロケーションで、上杉と朝食を食べるのも今日で最後だ。最後と言えば…。あれから東はどうしたのだろう。久しぶりに再会出来た旧友と、今後いつ会えるかも分からないというのに、あんな別れ方をする羽目になるとは。

全くすっきりしないが、無理矢理キスされたことを考えれば、電話で別れを告げる気にもなれない。ぎりぎりのところで逃げ出せたからことなきを得たものの、東の好きなようにされていたらと思うとぞっとする。

朝食を終えると纏めてあった荷物をタクシーに載せ、上杉と共に空港へ向かった。復路も往路と同じく、モンテゴベイへ渡ってから、マイアミ、NYを経由するフライトを押さえてある。上杉とはモンテゴベイまで同じフライトだったので、一緒にチェックインを済ませた。

「朽木さん。すみません、ちょっとトイレに行って来てもいいですか?」

「了解です。ここで待ってますね」

カルディ国際空港は、カルディグラ唯一の国際空港であるが、規模は小さなものだ。空港ロビイは多くの搭乗客でごった返しており、分かりやすい壁際で待っていると、上杉に告げた。

離発着便の時刻を報せる電光掲示板を見上げ、搭乗予定の便名を確認する。

「朽木。行くなよ」

「!」

ずらりと並んだ発着便名を読んでいた朽木は、隣に人が立ったのにも気づいていなかった。

驚いて横を見れば、サングラスをかけた東が立っている。いつもながらに悪びれた様子のない東を見て、朽木は諦めたような溜め息を吐いた。

あんな真似をしておきながら、のうのうと自ら顔を出せるとは。呆《あき》れながらも、あれが最後にならなくてよかったと思って、皮肉めいた台詞を向ける。

「一緒に帰るか?」

「意地悪だな」

「ちゃんと償ってやり直せよ」

「それより朽木が俺と一緒に逃げてくれる方がいい。金ならあるし、働く必要はない。傍にいてくれるだけでいいんだ」

東の提案はまともに取り合う余地のないもので、朽木は苦笑を浮かべて首を横に振った。どんなに金があったって、しあわせは買えない。東がそれを分かるまで、まだかかりそうだなと嘆息する。

そんな朽木を東は眇《すが》めた目で見て、「何処がいいんだ？」と尋ねた。

「何が？」

「一之瀬」

名前を聞いただけで。昨夜の痴態が思い出されて、朽木は思わず動揺した。ごまかそうとしても言葉が出て来ず、代わりに目が泳いでしまう。仏頂面になって「俺の方がいいのに」とぼやく東に、しどろもどろで否定した。

「ち、違う…。一之瀬は…そういうんじゃなくて…」

「じゃ、なに？　セフレだっていうなら、俺が代わるけど？」

「な、何言って…！」

「朽木は身体だけの関係とか、認められるタイプじゃないだろ？」

それは事実であったので、頷いた。だが、同時に一之瀬との関係を認めてしまったような気がして、自分が分からなくなる。そうじゃない、そうじゃないんだ…と心の中で叫びながら、必死で東に訴えた。

「…あのな、お前は誤解してる。俺は…ゲイじゃないんだ。だから…」

「だから、尚更たちが悪いんだって」

言葉尻を奪うようにして、東が不機嫌そうな声で言う意味がすぐに分からなかった。微かに眉を顰める朽木を、東はサングラスをずらして見る。説明を求める朽木に、つまらなそうな口ぶりで彼が見ようとしていない事実を告げた。

「ゲイじゃないのに、一之瀬を特別に思ってるって相当だってことだよ」

「特別…なんて…」

そんなつもりはない…とは続けられなかった。昨夜、東に口付けられたことで、一之瀬は「特別」なのだと認識した。ゲイではなく、セフレなんて関係も認められない自分に残されている言い訳はない。

難しい顔のまま、答えられないでいる朽木の横で、東は大きな溜め息を吐く。

「久しぶりに朽木に会って、俺はやっぱり朽木が好きなんだって改めて思ったのに。思い出ごと、大事にして来た朽木を一之瀬に奪われるなんてショック過ぎる」

「…東……」

「どうせなら、女と結婚してくれてた方がよかった。それなら俺も邪魔なんてせずに、朽木のしあわせを見守ろうと思えたよ」

唇を突き出して不満げに言う東に、朽木は苦笑するしかなかった。朽木自身、そうだったらよかったと考えたこともあった。もしも、あの時。あんな邪魔が入らずに結婚出来ていたら。今頃は全く違った生活を営んでいただろう。

思いも寄らなかった過去の事実に驚いたり、あり得ないと思っていた気持ちを抱いている自分に戸惑ったりすることもなかったに違いない。

「結婚なあ…。縁がなかったんだよな。俺には」

「過去形かよ」

「一度大きく失敗すると臆病になるもんだって」

「だったら、尚更一之瀬より、俺の方がいい。俺は絶対、朽木を大事にする」

すかさず自分を売り込んで来る東に「何言ってんだ」と軽く返した時だ。隣から伸びて来た腕に腰を抱かれ、引き寄せられた。空港のロビイという公の場だったから、まさかそんな行動に出られるとは思ってもいなくて、油断していた朽木は至近距離にある東の顔を睨む。

「っ…おい…離せっ」

「俺は朽木の『特別』になれないか?」

誰に見られるかも分からないから、すぐにでも東の腕から逃れたいのに、彼が真剣な表情であるのが気にかかって動きが止まる。十五年ぶりに会った東は昔と変わらないように思えたけれど、よくよく見ればやはり年月が経ったのだと感じられる変化が窺えた。間近で見ると顕著に感じられ、顰めていた顔につい苦笑が生まれる。

「…なんだよ？」

「いや。お前も歳取ったなって思って」

正直な感想を口にする朽木に、東は渋面で「ごまかすなよ」と抗議する。朽木は腰に回されている手をいなしながら、改めて東をどう思っているのかを伝えた。

「お前は俺にとって、大事な友達だよ」

「友達とかじゃなくて…」

「犯罪者になっても、やっぱ、お前はお前で変わってないからな」

詐欺師だと知っても、過去に自分をどういう目で見ていたのかを知っても、東を友人だと思う心は変わらない。逆に、東が望むような関係には決して変化しないだろう。朽木の堅い意志はその表情と態度に表れており、東は仏頂面で彼に触れていた手を離した。

「一之瀬なんかの何処がいいんだよ」

「一之瀬がいいって言ってるわけじゃない」

「でもあいつは特別なんだろ」

「………」

決めつけてかかってくる東に反論したいような気持ちはあったが、具体的な言葉は出て来なかった。特別なんかじゃない。あいつも友達だ。そんな台詞がすっと口に出来ればよかったのに、何も言えない自分について考え込んでしまいそうになった朽木の横で、東は腕時計を見た。

そろそろ時間だ…と呟き、サングラスをかけ直す。これで東とは当分会えないのは分かっていて、最後にもう一度、真面目にやり直すことを考えるように諭した。

「いつまでも逃げてなんかいられないぞ。ちゃんと償ってやり直せ」

「朽木が一之瀬と別れて、俺とつき合うって約束してくれるなら、考えてもいい」

「何言ってんだ…」

呆れた言い分に顔を顰める朽木に対し、東は高校の頃を思い出させるような屈託のない笑みを向けてから、背を向けた。ロビイの人混みに紛れて姿を消す東を見送り、小さく溜め息を吐く。東の今後も心配だが、自分自身、大きな難問を抱えている。特別か…と心の中で呟くと、上杉の声が聞こえた。

「朽木さん、お待たせしてすみませんでした」

「あ…いえ。じゃ、行きましょうか」

トイレから戻って来た上杉と共に手荷物検査を受ける為に並んでいる人の列についた。これでカルディグラともお別れだ。東はこれからもカルディグラにいるのだろうか。…一之瀬もまだ、この国にいるのだろうか。東はともかく、一之瀬とも次にいつ会えるのかは分からない。

そう思っていた朽木は、思いがけない展開で一之瀬の姿を目にすることになった。

航空会社のチェックインカウンターでスーツケースは預けたので、手荷物はデイパック一つだった。身軽な状態でセキュリティチェックをパスして、次はイミグレーションの列に並ぶ。出発便が立て込んでいるせいか、長蛇の列が出来ていた。

「搭乗客に対して職員の数が足りないですよね」

「小さな国ですからね。のんびりモードですし」

世界的に見れば、日本のようにシステマティックにさくさく仕事を片付けられる国民性の方が、珍しい。時間には余裕を持って来ているし、十分間に合うと、旅慣れていない上杉を安心させる。すると、上杉が一番端にあるゲートを指して聞いて来た。

「あっちは空いてるのに、どうして皆並ばないんですか?」

「あれは航空会社の乗務員や……」

外交官などの為に設けられた特別なゲートだと説明しようとした朽木は、途中で言葉を止める。何気なく見たゲートへ向かって歩く人影は見覚えのあるものだった上に、彼と一緒に歩いている相手に息を呑んだ。

一之瀬と…並んで歩く背の高い女性は、ビーチでキスをしていた相手だった。あの時も今もサングラスをかけているから顔ははっきり分からないが、髪の長さや雰囲気からして間違いないだろう。

朽木はさっと背を向け、一之瀬に見つからないようにそれとなく隠れた。不思議そうな顔で見て来る上杉に、列を詰めるよう勧める。どきどきしているのを認めたくない気分で、そっと顔だけを動かしてもう一度ゲートを見た。

「……」

しかし、一之瀬と女性はとうにゲートを通過してしまっており、二人とも姿がなかった。見間違いだったのかと思うような出来事だったが、一之瀬も女性も目立つタイプだ。取り違えることはあり得ない。

一之瀬と一緒に外交官用のゲートを抜けていったということは、彼女も外交官で…つまり、一之瀬の同僚なのだろうか。だが、あの一之瀬が同僚とキスなど…あり得ないように思える。

またしても頭の中がぐるぐるしてしまい、朽木は出国審査の順番が来たのにも気づかなかった。後ろに並んでいた人間に指摘され、慌ててパスポートを手に審査を受ける。ぼんやりした朽木に審査官は怪訝な目を向けたが、取り敢えず、通過出来て搭乗口側へ出た。

「乗り場は四番のようです。俺、ちょっと土産物を見て来てもいいですか?」

「…はい。俺はゲートの方で待ってます」

出国審査を終えた上杉は気楽な顔で土産物店へ走って行く。朽木はとても土産なんて考えられない気分で、よろよろとした足取りで搭乗口へ向かった。さっきの光景をどう考えたらいいものかと思い悩みながら歩いていると、意外な相手に声をかけられた。

「朽木さん…じゃないですか?」

何処かで聞いた覚えのある声だと思いつつ振り返れば、スーツ姿の男性が立っていた。顔も覚えているが、すぐに名前が出て来ない。だが、思い出したら「あっ」と高い声が漏れた。

「え…ええと…岸川《きしかわ》さん…ですよね」

「はい。ご無沙汰《ぶさた》しています」

落ち着いた声音で挨拶する岸川に対し、朽木はものすごく焦っていた。どうしてこのタイミングで…。いや、一之瀬を見たばかりなのだから、岸川が現れてもおかしくはない。

岸川はアルドギルドにおける内乱騒動の際、一之瀬と一緒に対応に当たった外務省の職員だ。一之瀬にとっては同じ部署の先輩に当たり、アルドギルドへ派遣された政府専用機にも同乗した。朽木もその際に顔見知りになっていた。

「どうしてこちらに?」

「俺は会議で…岸川さんは……もしかして…一之瀬と一緒に…?」

一之瀬がどういう理由でカルディグラに来ているのかは聞いていないが、同僚である岸川がここにいるということは、二人の目的は同じだと考えられる。遠回しな表現で尋ねる朽木に、岸川は「一之瀬に会ったんですか?」と確認した。

「…はい。偶然、ホテルで…」

説明しながらも、朽木は岸川ならばあの美女が何者であるのか、知っているのではないかと考えていた。彼女も外務省職員であるなら尚更だ。正体が分からないままもやもやしているよりはいいと意を決し、出国審査ゲート近くでも見かけたとつけ加えた。

「女性と一緒で……綺麗な人でしたけど、あの方も外務省の？」

「ああ……」

朽木の問いかけに対し、岸川は少し表情を曇らせて、曖昧《あいまい》な相槌《あいづち》を打つ。その様子から、女性は外務省の同僚ではないと判断出来、息が出来なくなっていくような錯覚がした。一体、あれは…誰なのだろう。

朽木の疑問に対し、岸川は声を潜めてオフレコを条件に事情を説明した。

「実は…あれは某国で大使を務められてる方の娘さんなんです」

「え…」

大使の娘というのは想像もしなかった事実で、朽木は困惑する。そんな女性とどうして一之瀬が…と訝しむ朽木に、岸川は更に驚くような話を続けた。

「一之瀬はカルディグラに彼女を捜しに来たんですよ」

遠い異国の地で一之瀬と偶然会ったのも、彼の仕事内容を考えれば不思議ではないと思っていた。何をしに来ているのかは職務上の都合もあると考え聞かなかったが、まさか大使の娘を捜しに来ていたとは。

彼女を連行するようにして腕を引いていたのは、その辺りに理由があるのだろうかと考え、朽木は岸川に更なる事情を尋ねる。

「捜しに…というのは、どういう意味ですか？」

「モデルをされていたこともあるような綺麗なお嬢さんなんですが、奔放なところがおありでして…。父親である大使と衝突して家出した後、世界各地を転々とされていたんですが、こちらで麻薬関係の組織に関わっているらしいという情報が入ったんです。放任されていた大使も、国際的な犯罪に関わるのはまずいということで、一之瀬に連れ戻して欲しいと頼んだんです」

「どうして一之瀬に？」

「大使と一之瀬の父親が昵懇《じっこん》の間柄で……というのもありますが、大使としては一之瀬にお嬢さんを貰って欲しいという思惑があるようなんです」

「………」

貰って…ということは、一之瀬と娘を結婚させたいと考えているのか。驚きに目を丸くする朽木に、岸川は肩を竦めてノンキャリアの自分と一之瀬は違うと告げる。

「一之瀬は元々キャリア入省のエリートで、家柄的にも将来を約束されていました。色々あって…今はうちにいますが、ノンキャリアしかいないうちの部署には掃き溜めに鶴みたいな存在です。大使は省内に強い影響力を持つ方ですから、お嬢さんとの話が纏まれば、一之瀬は本来の居場所に戻るでしょう」

「……」

本来の居場所とは、一之瀬が歩いていた出世ルートのことだ。東に騙《だま》されさえしなければ、彼が当然のように歩いていたはずの、光り輝く道。一之瀬は彼女と結婚すればその道に戻れるのか…。

「お嬢さんが見つかったという連絡を受けたので、私もこちらへ顔を出したんです。一之瀬と一緒に、ご家族がお待ちの東京《とうきょう》へ連れ帰る予定なのですが、朽木さんも……朽木さん？」

「……」

「朽木さん、どうかしましたか？」

軽く肩を叩《たた》かれ、ぼんやりしていた朽木ははっとした。何でもないと首を振り、「そうなんですか」と今更のような相槌を打つ。

「俺は…マイアミとNYを経由して戻る予定です」

「我々はシカゴ経由なので、別ですね。…長々と話してしまい、すみません。どうぞこの話は内密に願います」

「分かっています」

念を押す岸川に小さな笑みを浮かべて頷き、立ち去る彼を見送った。一之瀬の姿を見かけてから混乱していた頭の中は、岸川の情報によって整理されたものの、違う動揺が生まれていた。どんと肩の上に重い砂袋を載せられたみたいな疲労感を感じながら、朽木はのろのろした足取りで搭乗口を目指した。

搭乗ゲート近くのベンチに座り込んで、朽木は窓の向こうに見える飛行機を鬱々《うつうつ》とした気分で眺めていた。明らかになった事実に打ちのめされている自分を認めたくない。一之瀬はあの女性と結婚すれば、元々歩いていた出世ルートに戻れる。それは喜ばしい話だと思うのに…素直に思うべきなのに、ショックを受けているのが本当に情けなかった。

重い気分のまま飛行機に乗り込み、一番目の経由地であるモンテゴベイへ向かった。そこで上杉と別れ、一人になった後は、更に落ち込んだ。機内では毛布を頭から被り、何もかもを拒絶した。一之瀬を特別だと思っている自分を認めなきゃいけないのかもと、思いかけたところだった。ビーチで見た光景を忘れたわけじゃなかった。疑いを抱きながらも一之瀬に事情を聞かず、心の中に仕舞ったままでいたのは、こういう現実を恐れていたからかもしれないと、今になると思う。

一之瀬が殊勝な態度で謝って来たのだって、本当は自分に対する後ろめたさがあったせいかもしれない。疑いは疑いを生み、朽木の心をどんどん蝕んでいく。一之瀬はどういうつもりで、「つき合ってくれ」なんて言ったのか。結婚と恋人は別だとでも考えているのだろうか。長時間のフライトで、一人で考える時間が腐るほどあったせいもあって、マイナス方向へ進んでいくのを止められなかった。

マイアミからNYへ、NYから羽田《はねだ》へ向かう飛行機に乗る頃には、朽木の決意はほぼ固まっていた。それはカルディグラへ発つ前に抱いた決意と同じだった。一之瀬とは二度と会わないでおこう。そう決めていたのに、異国の地で偶然会ったことや、東の存在などに心を惑わされてしまったのが間違いだった。

本来の考えに戻り、之瀬とは会わないでおくべきだ。それが自分の為でもあり、一之瀬の為でもある。太平洋を渡る機内で、朽木は延々、自分にそう言い聞かせていた。

複数回の乗り換えと長いフライトを終え、午後四時近くに羽田に着いた。入国審査や荷物の受け取りなどに時間がかかり、空港を出られたのは五時半頃だった。大きなスーツケースを抱えて電車に乗る気にはなれず、タクシーを使って自宅へ戻った。

一週間留守にしていた部屋の空気を入れ換え、荷物を片付けて買い物に出る。冷蔵庫を空にして出かけたので、調味料程度しか入っていなかった。近くのスーパーで買い慣れた商品をかごに入れていると、日本へ帰って来たのだという実感が湧《わ》き始める。

「…井上《いのうえ》と田川《たがわ》さん、やってくれてるかな」

同時に思い出したのは職場のことだ。帰国便の到着が夕方になるのは分かっていたので、翌日から出社する予定にしてあった。出かける時はやる気モードで送り出してくれた二人だが、今もそれが続いているかどうかは怪しいところだ。

一か八か。明日、出社したら分かるだろうと思い、気に病むのはやめる。レジで会計を済ませてスーパーを出て、自宅へ向かう途中で、上着のポケットに入れた携帯が鳴り始めた。まさか会社からだろうかと訝《いぶか》しんで携帯を取り出すと、一之瀬《いちのせ》の番号が表示されていた。

「……」

出国審査のゲートを大使の娘だという女性と連れ立って抜けていくのを目撃した後、一之瀬の姿を見ることはなかった。岸川《きしかわ》から女性や一之瀬と共に東京《とうきょう》へ戻る予定だと聞いたが、既に東京にいるのだろうか。電話に出るべきかどうか悩んだが、逃げるよりも自分の決意を告げた方がいいと考えて、ボタンを押した。

「…はい」

『何処《どこ》にいる？』

名乗りもせずに居場所を聞いて来る一之瀬に嘆息する。カルディグラでは余裕があると言っていたが、既に東京モードに切り替わっているのだろう。待ち合わせをする時間が惜しいと言って、部屋にまで押しかけて来たような男だ。朽木は「家の近くだ」と答えて、同じ問いを返した。

「お前は？」

『俺は今から東京へ戻るところだ。…明日、会えないか？』

声を潜めて一之瀬が聞いて来るのに、朽木《くちき》は微《かす》かに眉《まゆ》を顰《ひそ》める。出来るだけ時間を作ると言っていた時の一之瀬の顔を思い出すと、せつないように感じる自分の感情を押し殺し、息を深く吸い込んで答えた。

「無理だ」

『そうか。なら、また電話する』

朽木が断ったのを深くは捉えず、一之瀬はすぐに了承した。帰国したばかりで多忙なのは理解出来ると、冷静に考えたのだろう。日を改めると言われた朽木は、低い声で「一之瀬」と呼びかけた。

「もう…こういうのはやめてくれ」

『……………』

朽木の声音に真剣な調子を感じ取ったのか、一之瀬は一瞬沈黙した後、「どういう意味だ?」と尋ねた。一之瀬と話しながらも自宅へ向かって歩き続けていた朽木は、マンションのエントランスを抜け、自宅のある三階へと階段を上り始めた。

「用もないのに電話したり、会ったりするのをやめたいんだ」

『…用はある。だから、電話している』

「俺にはない」

東《あずま》を捜せと脅されていた時や、仕事上、関わらなくてはいけなかった時とは違う。一之瀬と連絡を取らなくてはいけない理由はない。今後、アルドギルドの時のように一之瀬が関わって来ることもあるかもしれないが、それはあくまでも仕事上のつき合いだ。

それ以上のつき合いは、自分たちには…いや、自分には必要ない。堅い誓いを胸に言い切る朽木を、一之瀬は不審に思っている様子だった。

『どうしたんだ？　何かあったのか？』

「別に何もない。ただ、自分を反省したんだ。酔っ払ったりして…つい、お前に流されてしまうけど、俺はそういう趣味はない。もういい加減、やめたいんだ」

『……』

人気《ひとけ》のない階段を上りきり、三階の廊下に出ると、鍵《かぎ》を取り出して自室へ向かった。携帯を肩に挟んだまま、玄関の鍵を開けようとして、一之瀬が入り込んでいたのを思い出す。

「…だから、この前みたいに自宅まで来るというのもやめてくれ。迷惑だ」

『…何も言わずに帰ったのを怒ってるのか？　だったら、謝る。時間がなくて…仕方なかったんだ』

「違う。怒ってるとか…そういうんじゃなくて……」

結婚の話が出てるんだろう？　と言いかけて、朽木は口を閉じた。岸川と口外しないという約束を結んでいる。それに結婚とは別の話だと考えているのかもしれない一之瀬に、女性の存在を拘《こだわ》っているように取られるのも不本意だった。「とにかく…」と強引に話をまとめかけると、一之瀬の方が別の人間と話し始めるのが聞こえて来た。

「…そういうわけだから。切るぞ」

『…朽木…』

ちょっと待ってくれ…と言いかけた一之瀬を無視し、朽木は一方的に通話を切った。そのまま電源を落としてしまうか悩んだが、そこまでするのも大人げないし、それこそ拘っているように思える。

またかかって来たら、重ねて自分の考えを伝えようと思っていたが、それから携帯が鳴ることはなかった。


時差ぼけと複雑な心情が影響して、ベッドに入ってもちっとも寝られず、ようやく寝付けたと思った頃に目覚ましで起こされた。最悪な体調でも出社する予定にしてあるから、休むわけにはいかない。のろのろと用意して久しぶりに出社した朽木は、欧米係のブースに入った瞬間、自分は賭けに破れたのだと悟った。

「………」

出かける前から、田川と井上の絶好調モードが続くかどうかは怪しいところだとは思っていた。一か八かで出社したものの、悪い方の結果を目にすると、ただでさえ悪い体調が更に悪化していくように感じられる。

いつ頃に二人のエンジンが切れたのかは分からないが、朽木の机は書類やメモが山積みとなっており、元の姿が分からないような状態になっていた。そのメモ類もうんざりするような内容ばかりで、頭が痛くなって来るのを感じつつ、パソコンを開く。

本当はカルディグラにもパソコンを持参して、急を要する案件だけでも処理しようかと考えていた。しかし、絶好調だった二人からそんな必要はないと強く言われた。係長は大船に乗ったつもりで、ちょっとしたプチバカンスだと思って楽しんで来て下さいよ…なんて台詞《せりふ》で送り出されたのだが。

「泥船だったな…」

社用のメールを開いてみれば、緊急を報せる赤いマークがずらりと並んでおり、めまいがした。一つずつ、内容を確認している間にも電話が鳴り、田川も井上も出て来ないので自分で取るしかない。

「…はい、欧米係朽木です…。…お世話になります。…はい……はい、早急に対応するようにします。申し訳ありません」

かかって来る電話の殆《ほとん》どが怒気を帯びたもので、朽木はひたすら謝り続けた。そして、始業時間である九時半ぎりぎりになってようやく井上が姿を見せた。

「係長～。お帰りなさい～。やっと帰って来てくれたんですね～」

「お前なあ。留守は任せてくれって大見得切ってたじゃないか。なんだ、これは。朝からクレームの電話ばっかで…」

「だって…しょうがないじゃないですか…。俺、本当は会社なんて出て来る気分じゃないのに…。来てるだけ偉いと思って下さい」

「……」

しょげた顔の井上が社会人としてあるまじき台詞を吐くのを、朽木は無言で受け止める。これが本来の井上だ。この前までがおかしかったのだと、自分にしみじみと言い聞かせた。井上が元に戻った理由は聞かずとも分かるし、聞く気もない朽木は、田川について尋ねる。

「田川さんはどうしたんだ？　いつもならとっくに来てる時間なのに現れないし…。電話しようと思っても、次々電話がかかって来るから連絡出来ないいんだが」

「田川さんなら一昨日から休んでます」

「……」

井上だけでなく、田川まで…と朽木が溜《た》め息《いき》を吐《つ》きかけた時、電話が鳴った。反射的に受話器を取り、「欧米係朽木です」と名乗ると、田川の暗い声が流れて来る。

『係長…帰ってらしたんですね』

「……。すみません、長い間留守にして…。あの…それで、何か…」

『申し訳ありませんが…しばらく休ませて欲しいんです。…娘の具合が……悪くて…』

何が起きたのかは、田川の方も容易《たやす》く想像がついた。朽木は「分かりました」と答え、状況が落ち着いたら連絡して下さいとつけ加えて通話を切る。はあ…と思わず溜め息を漏《も》らした朽木に、井上は肩を竦《すく》めて自分が知る事情を伝えた。

「田川さんの娘さん、バイト先で大きな失敗をしたとかで、クビになっちゃったそうなんです。それで再び引きこもってしまったみたいで…」

「そうか…」

「係長。俺の話は聞かないんですか？」

厄介な話はお腹いっぱいだし、聞く必要も感じない。井上の問いかけをスルーして電話をかけようとした朽木だが、「聞いて下さいよ」と縋《すが》られてしまう。

「係長が出張に出た次の日から彼女と連絡が取れなくなったんです。電話してもメールしても音信不通で…。心配になって家まで行ってみたら、別れたいって言われて…。理由も教えてくれないんですよ。どう思いますか？」

「……さあな。彼女も色々思うところがあるんだろう」

「俺に悪いところがあるなら直すから言ってくれって頼んでも、何も言ってくれなくて…。本当に…俺、会社どころじゃないんです…」

落ち込んでいるのだとアピールし、机に突っ伏す井上に仕事をしろという気力は湧かなかった。それよりも自分で片付けた方が早い。出社して来ている意味のない井上を横目に、朽木は鳴り続ける電話を取り、メールの返信をし、書類を確認し…と、馬車馬のように働いた。

昼を取るのはもちろん、トイレに立つ暇もないくらい忙しく働いていた朽木の元へ、夕方になって残り僅《わず》かになった気力を削ぐような電話がかかって来た。

「…はい。欧米係、朽木…」

『朽木くん、戻って来てたのか』

「……」

驚いたような生方《うぶかた》部長の声を聞き、朽木は渋い顔つきで「はい」と答えた。ちょっと調べたらすぐに分かるだろうに、大仰《おおぎょう》な物言いをするのが解せない。昨日の夕方帰国した…と伝え、上司である生方に一応の報告をする。

「向こうでの予定は全て無事に終えまして、現地でリクエストされたリポートは提出して来ました。社内の報告書の方は……ちょっと立て込んでおりまして、しばらく待って欲しいんですが…」

『いや、それは後でいいよ。カリブ海の宝石と言われるカルディグラはどうだった?』

「……綺麗なところでしたよ」

『あっちはラム酒が有名なんだろう。カルディグラ産のものは日本へは入って来てなくて、希少価値があると聞いたが…』

「みたいですね」

『美味《うま》かったか?』

「はあ…」

報告書を要求されるならともかく、どうして延々とラム酒の話を続けるのかと、朽木は怪訝《けげん》な思いになる。だが、途中ではっと気がついた。これは土産の要求だ。気が利かないという厭《いや》みを覚悟して、何も買って来ていないのだと正直に伝えた。

「すみません、部長。出国の際、ばたばたしてしまって…何も買って来られなかったんです」

『なんだ。そうなのか』

「………」

なんだとはなんだ。朝からずっと謝り続けている朽木は不満をぶつけてしまいそうになったがぐっと耐え、他に用がないのなら電話を切ろうと決めた。

「…すみません、部長。他の電話が入ってしまったので…」

『ちょっと、待て、朽木くん。君は重要なことを忘れているだろう』

「重要?」

報告書よりも土産よりも重要なこととは? 思いつかなくて繰り返す朽木に、生方は苛《いら》ついたように「ほら」と言う。

『見合いの話だよ』

「…！」

そう言えば、そうだった。カルディグラへの急な出張が決まる前に、朽木は生方に呼び出され、見合いの話を持ちかけられていた。慌てて机の上を漁れば、置きっ放しだった写真が出て来る。

「すみません、写真を預かったままでした。すぐに返しに行きます」

『写真を返せとか、そういう話じゃない。どうする？』

「どう…と言いますと？」

『いつ、会うかね』

完全に見合いする前提で話して来る生方に脱力し、朽木は椅子《いす》の背に凭《もた》れかかって、目を押さえた。寝不足で最悪な体調なのに、寸暇も惜しんで働いている自分を、更に追い詰める上司が憎くなる。そのまま通話を切ってしまいたくなったが、そういうわけにもいかず、早口でその気はないと告げた。

「自分にはもったいない話で、とてもお受けは出来ません。写真はすぐにお返ししますから」

『もったいないなんてことはないぞ。朽木くん…』

「あー…すみません。お客様の電話に出なきゃいけないので。失礼します」

適当な嘘を吐いて受話器を置くと、朽木は大きな溜め息を吐いて机に突っ伏した。お見合いの話など、すっかり忘れていた。話を蒸し返されない為にも早々に写真を返してしまわなければならない。

溜め息を吐きながら顔を上げると、帰り支度を整えた井上が立ち上がるのが目に入った。

「係長、お先に失礼します」

「…………」

いっそ、お前も休んだらどうだ…という言葉をすんでのところで飲み込み、朽木は大人として「お疲れ」と声をかける。自ら希望して出かけたわけではないが、一週間リゾート地でのんびりしていたのは事実で、ちょっとした負い目もある。暗い顔の井上が姿を消すと、盛大な溜め息を吐いて、ちっとも片付かない仕事を睨《にら》みながら頬杖《ほおづえ》をついた。

しかし、自分だって好きでカルディグラくんだりまで行ったわけじゃない。渥美《あつみ》が入院しなければ…多和田《たわだ》の子供の運動会が被らなければ…自分が行かなくても済んだ。きっと、その方がよかった。東と再会出来たのは嬉しかったが、手放しで喜べなかったし、自分の気持ちに悩んだり、新たな問題を抱え込んだりと…ろくなことがなかった。

「……」

書類仕事をやっつけながらも一之瀬のことを考えてしまう頭を緩く振り、朽木は時計を見た。

時刻は十一時過ぎ。フロアには朽木以外、誰もおらず、照明も一部を除いて全て消されている。仕事は片付いていないが、急を要する用件は片付けてあるし、返事待ちのものも多い。今日はひとまず帰ろうと決め、パソコンの電源を落として、机の上を片付けた。

帰り支度をしてエレヴェーターで一階まで下り、正面玄関ではなく、通用口へ回った。正面の出入り口は午後八時で閉められ、その後は警備員の常駐する通用口を使うことになっている。出入り口横に立っていた警備員と「お疲れ様です」と挨拶《あいさつ》しあい、外へ出た。

昼は忙しくて食べ逃し、夜も買いに出るのが面倒で、飲み物だけでごまかしていた。コンビニか、ホカ弁か。自宅近くの駅に着くまでにどちらにするか決めなくては…と、乏しい選択肢を迷う朽木に声がかかる。

「朽木」

「…！」

背後から呼び止める声を聞いただけで誰か分かって、朽木は目を丸くして振り返った。少し離れたところには一ノ瀬が立っており、怪訝な思いでどうしているのかと尋ねる。

「話がしたい」

「…話なんかない。もう会わないって言っただろ？　それにこういうのは迷惑だって言ったじゃないか」

「ここは自宅じゃない」

「職場だって同じだ！」

「じゃ、どうすればいいんだ」

　自分の意思が全然伝わっていないのに、朽木は呆気《あっけ》に取られたような気持ちになって、「だから」と繰り返す。あれだけはっきり迷惑だと告げたのだから、自分の気持ちを察してくれるだろうと思っていたのに。理解する気のない様子は一之瀬らしいと言えばそれまでだけど、折れるわけにはいかなかった。

「俺は…お前とつき合うつもりはないんだ。カルディグラでも…つい、流されてしまったが、本意じゃなかった」

　深夜近いオフィス街は閑散としており、通行人の姿も見受けられなかったが、何処《どこ》で誰が聞いているとも分からない。朽木は自ら一之瀬に近づき、周囲を窺《うかが》いながら声を潜めて自分の気持ちを説明した。

　本当は…こういう話はもっと早い段階でするべきだったのかもしれない。部屋まで押しかけて来られた時に…カルディグラで東との関係を疑われた時に。きちんと話をして自分たちは違う種類の人間だと認識させるべきだった。

　真剣な表情で自分の考えを告げる朽木に、一之瀬は難しげな表情を浮かべてカルディグラでの一件を持ち出した。

「もういいと…言ってたけれど、やっぱりあのことを怒っているんじゃないのか」

辛《つら》そうにも見える一之瀬の顔は、らしくないと思った表情に重なって、戸惑いが生まれる。朽木は眉《まゆ》を顰《ひそ》めて「そうじゃない」と否定して基本的な問題を分からせようとしたが、堂々巡りになっていくような予感がして、他の言葉を探した。

一之瀬に何度自分の考えを伝えても、彼は聞き入れない気がする。カルディグラで女性とキスしていたのを見かけたと伝え、彼女と結婚するならば余計な行動は慎んだ方がいいと忠告するのが、一之瀬を遠ざける一番の方法だと思ったが、岸川《きしかわ》との約束がある。

他に一之瀬を諦《あきら》めさせるネタは…と思い浮かべ、朽木がはっと気づいたのは、自身に持ち上がっているお見合いの件だった。これなら一之瀬も引き下がらざるを得ないに違いない。朽木は軽く咳払いをした後、「実は」と切り出した。

「上司の勧めで見合いすることになったんだ」

「……」

見合いと聞いた一之瀬は、彼らしからぬ驚いた表情を浮かべた。それを見た朽木はナイスアイディアだったと思って、先を続ける。

「うちの人事に顔が利く人の娘さんで…話がうまくいったら営業部にも戻れるかもしれないんだ。だから、身辺を綺麗にしておきたいというか……万が一でも、お前との関係を疑われるとか、そういう事態は絶対に避けたいんだ」

一之瀬に話しながらも、何処かで聞いた話だと思った。これは…一之瀬と同じではないか。

カルディグラで見た大使の娘だという彼女と結婚すれば、一之瀬は元々歩んでいた出世ルートに戻れるらしいが、自分にも同じような話が持ち上がっていたのだ。

そう気づいた時、朽木は改めて、互いにとっていい機会なのではと思った。一之瀬も自分も、思いがけない躓《つまず》きでルートを外れてしまっている。おかしな関係にずるずると深入りする前に、人生を取り戻す為の建設的な選択をするべきだ。

「俺の…将来の為にも理解してくれないか」

「……」

会いたくない、迷惑だ…とはっきり言っても通じていなさそうだった一之瀬も、理解して欲しいという言い方には何も言い返して来なかった。神妙な顔つきで無言のまま、考え込んでいる。朽木はこれで厄介な関係が清算出来るだろうとほっとしつつ、沈黙している一之瀬に自分たちの本来あるべき姿を伝えた。

「元々、俺とお前は同じ学校だったたっていうだけで、本来は住む世界が違う人間同士じゃないか。同窓会で顔を見かける程度のつき合いがお似合いだろう」

「………」

「またお互い、同窓会に顔を出すことがあったら、会えるかもな。その時は声かけてくれよ」

出来るだけ軽い調子で話を終わらせ、朽木は一之瀬に背を向けた。もしかしたら一之瀬が後を追って来るかもと身構えつつ、地下鉄の駅を目指して歩いていたが、杞憂《きゆう》に終わった。地下鉄の改札を抜けて、ホームへ下りても一之瀬の姿は見られず、朽木は小さな溜め息を残して到着した電車に乗り込んだ。

これで二度と一之瀬は連絡を寄越さないだろうという手応えはあって、安堵《あんど》したものの、同時に虚しさを覚えている自分がいてすっきりしなかった。それが何故《なぜ》なのかは考えたくなくて、全てを忘れようと決めた。偶然ではあるが、一之瀬は東の居所を突き止められたわけだし、同窓会に出席した目的も果たせたわけだ。

同窓会で一之瀬に声をかけられた辺りから、記憶を抹消してしまえばいい。そう思っているのに、なかなかうまくはいかないのが人間というものだ。

「……」

翌日も朝から一人、忙しく働いていた朽木は、仕事の合間に突然落ち込んでしまう自分に頭を悩ませていた。さくさく仕事をこなさなければいけないのに、ふと気づくと、どうして…と悔いてしまっている。これでは駄目だと、気分を切り替える為に缶コーヒーでも買いに行こうと立ち上がった時、机の端に身体が当たり、山積みしてあった書類を床へ落としてしまった。

「っ…わ…！」

「係長、大丈夫ですか？」

手伝ってくれる井上と共に片付けていると、「あれ、何ですか?」という声が聞こえた。顔を上げれば、井上が床を指さしている。落ちた衝撃で封筒から飛び出したアルバムが床の上で開いていた。

「ああ……いや、それは…」

「振り袖…ですよね。誰かの成人式の写真ですか?」

生方が渡して来た見合い写真は最近のものではなく、二十歳の時に撮ったという着物姿のものだった。不思議そうに見ている井上の視線を避けるように、朽木はさっとアルバムを手にして「ちょっとな」とだけ言って立ち上がる。

井上に追及されるのも厄介だったので、そのまま写真を手に欧米係のブースを出た。缶コーヒーを買いに行くついでに、生方部長のところへ写真を返して来ようと考えたものの、思うところがあって休憩所へ立ち寄った。

幾つかの自販機とベンチが置かれた休憩所には誰もおらず、朽木は缶コーヒーを買って、ベンチに腰掛ける。微糖のコーヒーを一口飲んでから、改めてアルバムを開き写真を見た。

「……」

今はもうちょっととうがたっていると生方は言っていたが、取り立てて美人というわけではないので、さほど変わってはいないだろう。愛嬌《あいきょう》のある顔立ちは美人よりも親近感が持て、家庭向きなのかもしれない。

写真を眺めながら、断るつもりだった見合いを真剣に考え始めていたのは、一之瀬のことが引っかかっていたからだ。昨夜、一之瀬を説得する為に見合いの話をした時は完全に口実だったが、今になってみると、悪くないと思える。

一之瀬との繋《つな》がりをきっぱり断ち切れたというのに、ややもやが残っているような気がするのは、非常によくない。ここは一つ、環境を変えて、本格的に人生を立て直すべきではないか。

一之瀬と同じように。挫折《ざせつ》した人生の軌道修正をはかれる最後のチャンスかもしれないのだから。朽木は大きく息を吐いて、缶コーヒーを飲み干すと、自分の運命を握っている見合い写真を手に生方を訪ねた。

在室していた生方に見合いの話を勧めて欲しいと伝えると、手放しで喜んでくれた。すぐに手配するという言葉通りに、その日の夕方には予定が決まっていた。

『朽木くん。土曜の午後にホテルで食事でもしながら、顔合わせをしないかと先方から話が来てるんだが、どうだ？』

「自分は構いません。何時に伺えばいいですか？」

自分から言い出したことでもあるし、こうしなければ一之瀬との記憶を抹消出来ない気がしていたから、朽木は前向きだった。目白《めじろ》のホテルに十二時という約束を聞き、当日、同行してくれるという生方に礼を言う。

「すみません。部長にまでご足労頂くなんて…」

『いやいや。この話が纏《まと》まれば俺に仲人をって…いう話が来るかもしれないだろう。専務から』

「……」

普段、部長である生方との間には渥美課長がいるので、緊密に接することはないのだが、人となりは分かっていた。渥美と同じく、長いものに思い切り巻かれるタイプの生方に、疲れを覚えつつも、よろしくお願いしますと結んで電話を切った。

人生初の見合いをこんな形で経験することになるとは。結婚式で花嫁に逃げられた時も思ったが、人生というのは何が起こるか分からないものだ。自分の場合、その起伏がなかなか激しい気がするが、これを機会に変わる可能性だってある。

出来るだけネガティブな思考は排除し、未来志向で朽木は日々を過ごした。そして、翌々日の土曜。意識して選んだ新しめのスーツで、見合い相手の待つホテルを訪れたのだった。


目白に古くからあるホテルは歴史ある広い庭園を有しており、見合いの席として選ばれることが多い。結婚式場が併設されているので、見合いが成功したカップルが、そのまま隣の式場で…という展開も多々あるのだ。

朽木は社内恋愛で、結婚しようとした相手に逃げられるという悲劇を味わってから、誰ともつき合わずに来た。それ以前も学生時代から合わせて、それなりにつき合った相手はいたが、見合いの経験はない。緊張を覚えつつ、待ち合わせ時間の少し前にホテルに着いた。

正面玄関から入ると同時くらいに、携帯に着信が入った。相手は生方で、何処にいるのかと聞かれる。

「今、着きました。ロビイにいますが…」

『そのまま奥に来てくれ。ラウンジにいる』

生方の声が暗いような気がしたが、気のせいだろうと思い、通話を切った。ロビイを通り抜け、ラウンジを覗《のぞ》くと、窓側の席に生方の姿がある。案内してくれようとしたウエイトレスを断り、生方の元へ近寄った。

「遅くなってすみません。あの、先方は…」

「会うのはここじゃないんだが、…ちょっと、座ってくれ」

言われるまま、向かい側の席に朽木が腰掛けると、生方はメニュウを持って来たウエイトレスに、すぐ行くからと言って下がらせた。それから、身を乗り出すようにして朽木の方へ顔を近づけ、「実は…」と切り出す。

「専務のお嬢さんだが……バツイチじゃなかったんだ」

「……。初婚……ではないんですよね？」

子供がいると聞いているし、生方の表情は深刻そうだ。確認する朽木に頷《うなず》き、生方はピースサインをしてみせる。

「バツニだった」

「……まあ、イチでもニでも同じじゃないですか」

「それと…」

「まだあるんですか？」

バツは自分にもついているし、離婚歴なんて一度でも二度でも大差ないとおおらかに考えようとした朽木だったが、生方が先を続けそうなのに驚く。生方は難しい顔つきで、残る事実を口にした。

「この前、君に渡した写真あるだろう。あれは成人式のものだったんだが……あれから二十キロ太ったらしい」

「……」

「それと、君には言ってなかったと思うが、お嬢さんは君より年上だ」

「……い、幾つなんですか？」

「三十六」

三つ年上で、バツニで、体重増…。お見合い当日になって判明した事実は正直笑えないものだったが、だからと言って、会う前にごめんなさいと逃げ出すわけにもいかない。それにポジティブ思考を心がけようとしていた朽木は、本人に会ってみなければ分からないと、覚悟を決めた。

「取り敢えず、会いましょう。会ってからでしょう」

「そ、そうだな。朽木くんが乗り気でありがたい」

ほっとした顔になる生方と共にラウンジを出て、予約してあるというホテル内の和食店へ向かった。相手方はまだ来ておらず、庭の見える奥まった席へ案内される。個室もあるのだが、オープンな雰囲気の方がお互い緊張しないだろうと、専務が配慮したらしいという生方の説明を聞きながら、並んで着席した。

「…向こうは専務とお嬢さんが来るんですか？」

「奥さまも来られると聞いてる」

生方の言う通り、案内された席は六人掛けのテーブルで、朽木たちの向かい側には三人分の用意が並んでいる。朽木たちは入り口に背を向けて座っていたので、店内の様子は窺えなかったのだが、「待たせたね」という声が聞こえ、生方が反射的に立ち上がった。

「いえいえ、我々も今来たところですので。いい天気になり、よかったですね」

「ああ。すまないね、生方くん。…朽木くんも。今日はよろしく頼みます」

こちらこそ…と朽木が一礼した頭を上げた時だ。専務の後方から歩いて来る女性二人が見えた。一人は朽木もアルドギルドで面識のある専務の妻で、もう一人が…問題の見合い相手だったのだが…。

「………」

生方は二十キロ増だと言ったけれど、いやいや、三十キロは堅いだろうと朽木は内心で唖然《あぜん》としていた。成人式の写真ではどちらかと言えばふくよかな…程度だったのが、かなりなふくよかさ加減まで成長している。

その上、見合いだからなのか、着物を着ているものだから…貫禄《かんろく》があり過ぎる。すごいなと感心していた朽木は、生方に促されて慌てて挨拶した。

「…初めまして。朽木と申します。今日はよろしくお願いします」

「荒畑《あらはた》佳代子《かよこ》です。こちらこそ……よろしくお願いします…」

帯の締め付けが苦しいのか、佳代子は途切れがちに言うと、椅子にどすんと腰を下ろした。その仕草はお世辞にも女性らしいとは言えないもので、専務と妻が慌てて窘《たしな》める。しかし、佳代子は気にしていないようで、苦しいのだから仕方ないと開けっぴろげに言った。

「ここまで歩いて来るだけで疲れちゃったんだもの。やっぱり、私に着物は無理があったよ」

「佳代子ちゃん。そういうことは人前で口にしないのよ」

「すみません、朽木さん。娘はざっくばらんというか…取り繕わない質《たち》なものですから」

専務と妻は恐縮するが、佳代子から厭な感じは受けなかった。自分もその方が緊張しないで済むと返し、場を和ませる。食事が始まると、佳代子は体型に似つかわしい旺盛な食欲を発揮した。

「佳代子さんは和食がお好きなんですか？」

「何でも食べます。特に好きなのは焼き肉かな」

「焼き肉いいですね。俺も好きです」

「本当ですか？　うちの近くに美味《おい》しい店があるんですよ。ねえ、パパ」

裏表のない佳代子の性格はその場が見合いの席であるのを忘れさせてくれた。三つ年上と聞いたが、ふくよかなせいか随分若く見えるし、全く気にならない。バツニというのも、佳代子のこういう性格を好む男性が多いせいなのだろうと理解出来た。

ただ、一つ気になったのは子供がいるという話だ。聞いてもいいのかどうか悩んだが、最初に聞かないときっかけを逃す。重要な問題だからと思い、今日はどうしているのかと尋ねてみた。

「お子さんは…おうちで留守番ですか？」

「いえ。バイト行ってます」

「バイト？」

まさか、そんな答えが返って来るとは思わず、朽木は思わず眉を顰めてしまった。佳代子の年齢は聞いたが、子供の歳は聞いていなかった。てっきり、幼稚園くらいの子供なのだろうと想像していた朽木の表情を見た専務と妻は、慌ててフォローに入る。

「あ、あの…伝え遅れてしまったのですが…佳代子の子供は…もう大きいんです」

「その、佳代子が…十七の時の子なので…」

「十七……」

ということは、佳代子が三十六歳だから…十九歳ということになる。来年成人式を迎える子供がいるようには全く見えなくて、朽木は言葉が出て来なかった。さすがに動揺がひどく、

「そうなんですか」と相槌《あいづち》を打ってから、気を取り直す為にトイレに立つことにした。

「…すみません、ちょっと…」

失礼します…と言いながら立ち上がり、席を外そうとした朽木は、何気なく振り返った先に信じられない光景を目にして硬直する。

「!!!」

すぐ斜め後ろの席に一之瀬が座っていた。店側には背を向けていたので、一之瀬がそこにいたのに全然気がつかなかった。ただでさえ、衝撃の事実で動揺していたところへ、新たなショックを受けた朽木は慌てて座り直し、ぶるっと身を震わせる。

「どうした？　いいのか？」

「…いいえ。やっぱり…後にします…」

「すみません。驚かれたんですよね。この子にそんな大きな子がいるなんて、思いませんよ

ね」

「は…はあ…。幼稚園くらいかな…と思っておりましたもので…」

「でも、朽木さん。そのくらいだったら子育てに関わっていかなきゃいけないので、大変でしょうが、もう親離れしておりますから。独り身も同然なんですよ。この子は」

「……………」

独り身というのは言い過ぎだろうが、父親にならなければと身構えなくてもいいのは確かだろう。愛想笑いを浮かべて頷きつつも、朽木は背後が気になって仕方がなかった。何故、一之瀬がここに？

まさかと思うが……自分の見合いを偵察に来たのか？　いや、まさか……。

「朽木さん。なんか、顔色悪いですよ？」

向かい側に座っている佳代子に指摘され、朽木は首を横に振った。一之瀬に気づいたタイミングが悪い。子供の話が出たところだったので、佳代子は困ったように肩を竦めて「ごめんなさい」と詫《わ》びた。

「パパには先に伝えておいてって言ったんですが…。子持ちでバツニの女なんて厭ですよね」

「い、いえ。そんなことは…」

佳代子自身は魅力ある女性なのだろうと思えるし、子供が大きかったのも驚きではあるが、問題とは思わない。今、自分が動揺しているのは別の理由なのだと言うわけにはいかなくて、朽木は必死で平静を装った。

それでも上手に話題を変えられない朽木をフォローするように、生方が佳代子に気にすることはないと告げる。

「朽木だってバツイチなんですから」

「そう言えば、そうでしたね。朽木さんなんて、格好いいし、いい人そうだし。どうして離婚したんですか?」

「…お恥ずかしい話なのですが…結婚式で相手の元彼に奪われまして…」

「結婚式で?」

「はあ…。一応、先に籍は入れていたので、バツがついたという…わけなんです」

佳代子やその両親である荒畑専務夫妻に、気の毒そうな目を向けられ、朽木は何とも言えない気分で頭を下げた。佳代子に比べたら自分など、新古品のようなものだろうが、戸籍に傷はついている。説明する場が得られてよかったと思いつつも、とにかく、背後が気になっていた。

というより、一之瀬のことで頭がいっぱいで、自分が何を話しているのかもよく分からない。どう考えても、一之瀬が偶然居合わせたとは思えない。自分がここで見合いするのを何処からか調べて、あそこに座っているのだろうが…。

監視しているつもりなのか、厭がらせなのか。どちらにしても動揺させて失敗させるのが目的なのだろう。次第に動揺が収まり始めると冷静な思考が戻って来て、一之瀬の思惑通りになったりしないと腹を決めた。

「…そういう理由で結婚に失敗しましたので、次を考えられずに今まで来てしまったんですが…。部長から話を頂き、そろそろ自分も人生を前向きに考えるべきかなと思い、お願いしたんです」

「分かります。そういうのってトラウマになりますよね」

同意してくれる佳代子に小さく微笑《ほほえ》み、衰えない旺盛な食欲でご飯を食べる彼女を眺める。何かを食べている彼女はしあわせそうで、見ている方まで温かな気分になる。朽木はふくよかな女性とつき合った経験はなかったが、微笑ましい気持ちになれるという幸福もあるのだなと知った。

恐らく、自分を見張っているのであろう一之瀬とつき合うよりも、佳代子のような女性といた方がきっとしあわせになれる。何より、平穏そうだ。周囲からの理解も厚いに違いなくて、自分には得られなかった幸福が目の前にある気がした。

一之瀬がいたことで逆に奮起した朽木は、このお見合いを成功させようと思いかけていた。食後のデザートを食べながら、佳代子が望んでくれるならばしばらくつき合わせて欲しいと、願い出るタイミングを窺っていたのだが…。

考えてもいなかったような邪魔が入った。

「佳代子!!」

談笑しつつ、デザートの抹茶アイスを食べていたテーブルが、佳代子を呼ぶ声によって一瞬で凍り付いた。特に、荒畑一家は揃って飛び上がり、佳代子の名前を口にして乱入して来た男を見て顔を青くする。

朽木と生方も何事が起きたのか分からないまま、テーブルの横まで駆けつけてきた男を見た。二十代半ばから後半くらいの若い男で、かなりのイケメンだった。背も高くて、身なりもお洒《しゃ》落《れ》なので、モデルだと言われても頷けるような容姿だ。突然現れた男は強張《こわば》った顔つきで、「佳代子」と再度名前を呼ぶ。

「し、真《しん》ちゃん、どうして…」

「真吾《しんご》くん…!」

「真吾さん、なんで……」

「拓麿《たくま》くんが電話をくれたんです。佳代子がお見合いするって…。頼む、佳代子。もう一回、俺とやり直そう」

切実に訴える男が口にした台詞《せりふ》と、荒畑一家が全員、男の名を親しげに呼んだことから、どういう人物であるのかはすぐに分かった。恐らく、佳代子の別れた夫に違いない。そんな推測をしながらも、余りに突然のことで唖然としているしかなかった。

「こんな場所にやって来るなんて、失礼にもほどがあるだろう！」

「すみません、お義父《とう》さん。けど、どうしても俺は佳代子とやり直したいんです…！」

「拓ちゃんたらどうして…」

「お義母さん、拓麿くんを叱《しか》らないで下さい。俺が前から頼んでたんです。佳代子にこういう話があったら教えて欲しいって。佳代子、頼む。話だけでも聞いてくれ」

憤る荒畑夫妻に平身低頭で詫びた後、男は佳代子に向かって懇願し、その場に土下座した。「頼む！」と叫ぶ声や、その姿は静かなホテルのレストランでは当然注目を浴び、従業員も駆けつけてくる。

てんやわんやの大騒ぎの中で、佳代子が困った顔で男を見ているのに朽木は気づいた。その顔には困惑と同時に、男への情が感じられて、朽木は内心で溜め息を吐く。どういう事情があって別れたのかは分からないが、佳代子の方にもまだ想いがあるのは確かなようだ。

そんな雰囲気を読み取ってしまった朽木に取るべき態度は一つだった。前の席に座っている佳代子に静かな口調で話しかける。

「……彼の話を聞いてあげて下さい」

「朽木さん…」

「自分の為に必死になってくれる人って、結構少ないですよ」

周囲への対応に慌てている荒畑夫妻には聞こえないように、朽木は小声で佳代子を促した。

佳代子にも男への気持ちがあったらしく、彼女は深々と朽木に向かって頭を下げ、テーブルを回って土下座している男に近づく。

「佳代子…！」

男の肩を叩《たた》いて立ち上がらせると、佳代子は引き留める両親の声を無視して、二人でレストランから駆け出て行った。自分が勧めたとはいえ、着物姿の佳代子と男が去って行く姿を見送るのはなかなか堪えて、朽木は大きく溜め息を吐く。

「朽木さん…申し訳ありません…！すぐに連れ戻しますので…」

「いいえ、もういいですから。どうぞお気になさらずに。…こんなところまで来るほど、佳代子さんのことを大事に想ってる人がいるんですから、お見合いは必要ないと思います。事情は分かりませんが、そういう気持ちの方が大切ではないでしょうか」

腹を立てたりしてはいないとつけ加え、朽木は席を立った。申し訳ないと詫び続ける荒畑夫妻を相手にするのが償劫《おつくう》で、生方に先に帰ると告げる。生方も朽木に対してすまなく思っているようで、後は自分がフォローしておくからと言って、送り出してくれた。

レストランの客や従業員の視線を振り切るように早足に歩きながら、次第に湧き上がって来る情けなさを耐えようとしていた。結婚式だけでなく、見合いでも相手に逃げられるとは。ほとほと自分の人生はうまくいかないように出来ている。

そう思った時だ。脇からぐいと腕を摑《つか》まれた。

「!!」

はっとして隣を見れば一之瀬がいて、朽木は息を呑む。考えてもいなかった珍事に遭遇したせいで、一之瀬の存在をすっかり忘れていた。

「い…ちのせ…」

朽木の腕を摑んだ一之瀬はそのまま廊下を歩き始める。もう会わないと宣言した一之瀬が同じ店に現れたこと自体不服に思っていたのに、腕を摑まれ連行されるのは納得がいかない。放せと強く言おうとしたが、ホテルのスタッフが通りかかったりしてタイミングを逸した。

そうこうしている内にエレヴェーターホールまで辿《たど》り着き、待機していたエレヴェーターに乗せられる。客室がある上階のボタンを押す一之瀬を見て、朽木は大きな溜め息を吐いて、「放せ」と告げた。

一之瀬は背後の朽木を振り返り、一瞥《いちべつ》してから手を放す。一之瀬が何処へ連れて行こうとしているのかは想像がついたものの、逆らう気は失せていた。物わかりのいい態度で混乱した席を抜け出して来たが、精神的なダメージは少なからずあった。あの場ではああするしかなかったし、後悔はない。それでも想像だにしなかった事件は朽木を疲れさせた。

停止したエレヴェーターから下り、一之瀬に促されるまま、彼が取っていた部屋へ向かう。一之瀬がカードキーでドアを開けると、朽木は先に立って部屋の奥へ進み、窓辺に置かれている椅子にどさりと音を立てて腰を下ろした。

「…何か飲むか？」

「いらん」

冷蔵庫を開けながら尋ねて来る一之瀬に断り、朽木はネクタイを緩める。だらしなく背もたれに預けた身体をずらし、肘《ひじ》掛けに肘を突いて頭を支えた体勢で、グラスにウィスキーを注いでいる一之瀬を眺めて問いた。

「なんであそこにいたんだ？」

「……」

「俺の見合いを見物に？」

どうやって今日ここで見合いすると調べたのかは分からないが、それ以外の理由で一之瀬があの店にいたとは考えにくい。朽木の質問に一之瀬は答えず、グラスのウィスキーをくいと呷《あお》った。

「…ああいう女性がタイプなのか」

「タイプってわけじゃない。でも、感じのいい人だった。…もう会うことはないだろうけど」

「あれは？」

「たぶん、前の旦那《だんな》だな。バツニだって言ってたから」

見合い相手がバツニだというのは知らなかったようで、一之瀬は眉を顰める。怪訝そうに見る一之瀬に肩を竦め、自分もバツがついてるからとつけ加えた。それに離婚歴があるかどうかは朽木にとっては問題ではなかった。ああして元の夫が押しかけて来なかったら、しばらくつき合わせて欲しいと申し込んでいたところだった。

彼女とつき合えたなら、穏やかな家庭が築けて、普通のしあわせが摑めたかもしれない。なのに…自分の目の前にいるのは…。何故一之瀬なのかと、朽木は仏頂面になって、投げやりな感じで尋ねる。

「お前、本当は暇なのか？」

「そう見えるか？」

「じゃ、なんで人の見合いを見物に来てんだよ。ああいう結果に終わるのが分かってて、笑いに来たのか？」

「そんなつもりはない。…ただ、朽木がどういう女性を選ぼうとしてるのか、興味があったんだ」

「選ぶも何も、その前にまた奪われたけどな」

また…というところを強調して、朽木は再び溜め息を吐く。一之瀬は神妙な顔をしてるけど、内心ではほくそ笑んでいるに違いない。見合い相手を確認するだけでなく、見合いがぶち壊しになるところも見られたのだから。

「…俺もお前を見習って軌道修正を図ろうと思ったんだが…そうはうまくいかないよな」

「俺を…見習う？」

何気なく呟《つぶや》いた朽木は、一之瀬が繰り返すのを聞いてはっとした。慌ててごまかそうとしたものの、一之瀬は真剣な顔つきになっており、「どういう意味だ？」と強い調子で聞いて来る。朽木は迷ったが、自分の見合いが失敗した以上、一之瀬の弱みを突くしかないという思いもあり、口を開いた。

「……カルディグラで…見たんだ」

「何を？」

「お前が女性と一緒にいるところを」

女性と聞いた瞬間、一之瀬は表情を硬くした。適当な言い訳をさせない為にも、事情を知っているのだと続ける。

「空港で…岸川さんに会って、どういう人か聞いた。お前は彼女を捜しにカルディグラに来てたんだな？」

「…彼女は…」

「大使の娘さんで、彼女と結婚すれば元の出世コースに戻れるんだろう？」

一之瀬の説明を聞く前に、朽木は岸川から口止めされていた話を告げた。一之瀬は眉を顰め、「岸川さんが？」と確認する。

「口止めされてたから…黙ってたんだ。…俺、その話を聞いて、悪くないなって思ったんだよ。俺も同じような見合い話が来てたから、いい機会だって」

「だからか…」

ふう…と一之瀬は息を吐き、納得したような顔つきになった。それから、グラスに残っていたウィスキーを飲み干し、誤解があるとして朽木の話を訂正する。

「大使は俺の父親と親しくしていた関係で、俺に頼んで来たんだ。娘の不祥事だ。誰にでも頼める話じゃないからな。だが、結婚なんて、とんでもない」

「………」

「朽木はよく知ってるじゃないか。俺は女に興味がない」

だとしても、結婚は別だという考えが出来るのではないか。そんな疑いを持ってしまうのは、ビーチでキスしているのを見たからだ。訝しげに一之瀬を見つめる朽木に、彼は困惑した表情を浮かべる。

「本気で俺が出世の為に女と結婚すると思ってたのか?」

「……。ゲイでも結婚は出来るだろう?」

「考えたこともない」

「キスはしてたじゃないか」

本当は…一之瀬に余計な誤解を抱かせない為にも、キスシーンを見たのは黙っていようと思っていた。なのに、一之瀬が余りにも堂々と言い切るものだから、つい、ぽろっと口から出てしまう。一之瀬はさっと険相になり、「もしかして…」と低い声で言った。

「あの時……朽木もビーチにいたのか？」

　ここまで来たらごまかすことでもない。ああ…と頷き、キスしているのを見たと告げる。一之瀬は大きく息を吐いて天井を見ると、渋面を深くして経緯を説明した。

「…あれは…彼女の厭がらせだ。あのビーチでようやく彼女を見つけ、強引に保護しようとしたら、キスされて…。……彼女は俺がゲイだと分かっていたようだから、怯《ひる》んで手を放すと思ったんだろう」

　当時を思い出しているのか、一之瀬の顔はこれ以上なく顰《しか》められていた。間違えて毛虫でも食べてしまったかのような、顰めっ面は演技には見えない。日本人離れした体型のビキニ美女とのキスなんて、普通の男であれば滅多に厭な気持ちにはならないだろうけど、一之瀬には苦すぎる記憶のようだ。

「美人だったのに。胸も大きかったし」

「………。朽木はああいうのが好きなのか？」

　先ほどまでとは違って、冷めた表情で聞いて来る一之瀬に、朽木は肩を竦めた。キスしていたのを気にしていたから、人から聞いた話を鵜呑《うの》みにしてしまった。一之瀬の説明は十分に納得出来るもので、誤解して考え込み過ぎていた自分がバカらしくなった。

　同時に、一之瀬の方は朽木が懸念していた誤解を抱き始める。

「……もしかして…妬《や》いてたのか？」

「…っ…なに…言ってんだよ。そんなこと…」

「俺が結婚すると思って…それで自棄《やけ》になって見合いを？」

「違うって。見合いの話はカルディグラに行く前に持ちかけられたもので…」

「でも、決めたのは帰って来てからなんだろう？」

「そりゃ…お前のことが影響しなかった…とは言わないけど、自棄になったわけじゃない。冷静に考えてみると……っ…おい…！」

追及しながら一之瀬が近づいて来るのを見て、厭な予感を覚えた朽木は姿勢を直そうとしたものの、一之瀬の行動の方が早かった。一之瀬は椅子とオットマンを使ってだらしなく寝そべっていた朽木を抱え上げ、ベッドへ移動させる。起き上がれないよう、すかさず上から覆い被さり、朽木の顔を覗き込んだ。

「っ…一之瀬…！　離せ…って！」

「朽木が妬いてくれるなんて、思ってもみなかった」

「バカ…っ…妬くとか、そんなんじゃない！　俺は…お互いの未来の為にも…結婚とか、そういう選択をした方がいいって…考えたんだ」

「朽木が出世に興味があるとは知らなかった」

「……」

一之瀬は他人事《ひとごと》のように言うけれど、朽木にしてみれば彼の方こそ、出世への執念があると思っていた。父も祖父も外交官で、外務省の出世コースを順調に歩んでいた一之瀬は、東によってその道を絶たれ、復讐《ふくしゅう》を誓っていたのだ。

「お前の方だろ。出世が大事なのは。東のこと、怒ってたじゃないか」

「まあな。でも、本音を言えば、今は東に邪魔されたのは悪くなかったと思えてるんだ。出世に拘《こだわ》るなら、結婚は不可欠の条件だった。離婚歴はともかく、独身の大使なんていないからな。無理をしなくてよくなったのは助かってる。それに、そのお陰で朽木にも出会えた」

「……」

「結婚相手が朽木なら、出世コースに戻るのもやぶさかじゃないんだが」

「っ…何言って…」

真面目な顔で言う一之瀬を至近距離で見ていたら、思わず、頬が熱くなるのを感じた。一之瀬には知られたくない変調だったのに、間近にいるからごまかしようがない。

「……朽木。顔が赤い」

「…っ…」

わざわざ指摘するなという思いを込めてきつく睨みつけると、唇を塞がれる。一之瀬が飲んでいたウィスキーの香りが伝わって来て、それだけで酔ってしまいそうだった。

「ん…っ……」

自分の上に乗っている一之瀬の身体を退けようと、手に力は込めていたが、役には立たない。

一之瀬とのキスはやっぱりよくて、身体がすぐに反応する。このまま崩れていきそうな予感がして、朽木はアルコールを口にするのだったと、心の奥で後悔していた。

禁酒の誓いとは真逆な思いをどうして抱いたのかと言えば、言い訳に出来るからだ。酔っているからキスがしたくなって、酔っているせいで感じてしまう。酒を飲んでいればそう言えるのに。

「…ふ…っ………ん…っ……」

一之瀬との口付けが長くなるにつれ、鼻先から漏れる声が甘みを帯びていくのが朽木自身、分かっていた。抵抗しようと手に込めていた力も弱くなっていく。素面《しらふ》で一之瀬とキスするなんて。ましてや、それで感じてしまうなんて。

あり得ないことばかりだ。そう思って、意識して自分を律しようと思うのに、身体が一之瀬を求め始めているのが分かって、辛くなった。

「…っ…や……、一之瀬……」

カルディグラから戻って来る間、ずっと考えていた。一之瀬とはもう会わない。それがお互いの為だ。一之瀬は特別なのだと認めかけていたところへ知った結婚話は朽木に強いショックを与えて、落ち込ませた。

でも、あんなに落ち込んだのは一之瀬が特別な証拠でもある。こうして、素面の状態でも、一之瀬とのキスを受け入れ、あまつさえ、感じているのだから。

いつの間に一之瀬は「特別」になっていたのだろう。長い間、色恋沙汰から遠のいていたせいで、ストレートにつき合ってくれと言われたのが、心を動かしたのだろうか。でも、相手は一之瀬で…男だ。その躊躇《ためら》いはまだあって、朽木は口付けを解いて、深く息を吐き出した。

「…っ…俺は…ゲイじゃないし……お前とこういうことをするのに抵抗があるんだ…」

「大事にする」

「いや、そういうことじゃなくて…」

論点がずれていると指摘しても、一之瀬の耳には届かないだろうと思われた。身体を弄《いじ》って来る一之瀬の手は大胆で、強く欲望を伝えてくる。嫉妬《しっと》していたという勘違いが影響しているのだろう。再び唇を奪われた朽木は濃厚な口付けに翻弄《ほんろう》される。

飲んでいなくても感じるスピードは同じで、形ばかりの抵抗は見る見るうちに弱くなっていった。ネクタイを抜かれ、シャツのボタンを外される。上着を脱がされて、はだけたシャツ一枚になると、素肌を撫《な》でる掌の冷たさに息を呑んだ。

「っ…」

「……冷たかったか？」

口付けを解いて耳元で尋ねる一之瀬に吐息だけを返し、朽木は両手で顔を覆った。自分がどんな表情をしているのかは分かっていて、見られたくなかった。理性が紡ぐ言葉と、身体が求める快楽の間には深すぎる溝がある。

一之瀬と…男とこんなことをしててもいいのかと、問いかける理性の声は、どんどん小さくなっていく。

「…ん……ふ……っ……」

優しく手を退けた一之瀬が唇を塞いで来る。柔らかく唇を吸い上げ、口内に舌を忍ばせる一之瀬に従い、朽木は緩く口を開けた。朽木が感じるやり方を一之瀬は既に熟知しており、的確なやり方で朽木の欲望を押し上げる。

「…っ…ふ……ぅ……ん…」

口内の奥深くまで舌で探られて、身体の中に快楽が溜まっていく。キスに夢中になっている間に、いつしか一之瀬の背中に手を回していた。自分よりも大きな背中は、少し前なら抱き合う相手とは認識出来ないものだったのに。朽木の身体はすっかり一之瀬を覚えていて、抵抗感よりも先の快楽を強く望んでいた。

「っ……ん……」

鼻先から甘い声音を漏らし、一之瀬とのキスに溺《おぼ》れる。自分が素面であるのをすっかり忘れてしまうくらい、没頭した。快楽に酔っているのだと、思えるほどに。だから、口付けを解いて顔を上げる一之瀬を物欲しげな目で追ってしまう。端正な顔が苦笑するのを見て、急に恥ずかしさを覚えて朽木は目線を下げた。

「……俺は…自分で考えていたよりもずっと、朽木に夢中みたいだ」

「っ…何…言ってんだよ…」

「頭の切り替えがつかないのは初めてで……朽木が本当に見合い結婚なんかしたら…どうしようと本気で悩んだ」

「………」

　一之瀬の口調は真面目なもので、朽木は思わずすぐ傍にある彼の顔を見た。目が合うと、一之瀬の本気度が更に伝わって来て戸惑いを覚える。カルディグラ最後の日。同じベッドで目覚めた一之瀬は、同じような真面目さで「つき合ってくれ」と口にした。同性とつき合うなんて、考える余地もないと切り捨てて来たけれど…。

　こうして重ねていく事実は、いつか自分を追い詰める。迷っていても快楽に従順な身体は一之瀬とのキスを望んで、朽木を困らせた。下腹部へ伸びた一之瀬の手がベルトを外すのが分かるのに抵抗出来ない。下衣を全て脱がされ、シャツ一枚になった身体を抱き締められる。熱くなりかけているものに触れられると、喉《のど》の奥から甘えているような響きが漏れた。

「…ん…く…っ…」

　緩く扱いて来る一之瀬の手によって、朽木自身はすぐに硬さを増した。下腹がどんどん重くなっていき、口付けが解かれると大きく息を吐き出す。

「…っ…は…あ……っ」

　熱さが集中していく速度には抑制が利かず、朽木はあっという間に追い詰められてしまう予感がして、一之瀬の腕を掴んだ。酔っているわけではないから、もう少し冷静にと自分を諫《いさ》めてみるのに、全然功を奏さない。

「…だ…め…っ…だ。……そんな……したら…」

「朽木は何も気にしなくていい」

「っ…だって…」

一之瀬は鷹揚《おうよう》に言うけれど、中途半端に冷静な思考が残っていて、早々に達してしまいそうなのが恥ずかしく思えた。一之瀬の腕を掴んで愛撫《あいぶ》を止めさせようとしたものの、やんわりといなされる。朽木の手を払った一之瀬は身を屈め、勃《た》ち上がっている彼自身を口に含んだ。

「い…ちのせ…っ！」

それも駄目だと言おうとしたのに先にされてしまい、朽木は慌てて上半身を起こして一之瀬の頭を掴む。だが、一之瀬が自分のものを咥《くわ》えているのが目に入って息を呑んだ。

「っ…」

猛烈な羞恥心に襲われ、朽木はきつく目を閉じて口元を押さえる。厭だとくぐもった声で言いながら、一之瀬の髪を掴むものの、強く引き剥《は》がしたりは出来なかった。抵抗しなければという思いよりも、快楽の方が大きくて、いつしかベッドへ倒れ込んでいた。

「ん……あっ……ふ…っ」

一之瀬の口淫《こういん》はいつだって巧すぎて、朽木を翻弄する。根元まで含まれたまま、舌を使われるのも。唇を使って扱かれるのも。熱心な愛撫は急速に朽木の身体を熱くする。

せめてと思って、嬌声を上げないように口を押さえるけれど、どうやっても高い声が漏れてしまう。一之瀬と抱き合うまで知らなかった、自分の甘い声音にさえ刺激され、朽木は早々に限界を迎えた。

「…っ…あっ…駄目…っ…、や…っ…一之瀬…っ」

離れて欲しいと思って名前を呼んだのに、それが逆に達しそうであるのを教えてしまう。一之瀬は根元まで朽木を含み直し、弾けた欲望を受け止めた。いけないと思いながらも一之瀬の口内で達してしまった朽木は、後悔を覚えて両手で顔を覆う。

「…や…って……言った……っ…」

我慢のきかない自分が悪いと分かっていても、一之瀬が憎くなる。放ったものを飲まれるのは抵抗があって、一之瀬が起き上がる気配を感じると、眉を顰めて彼を見た。

「……厭だって……言ってるだろ…？」

「何が？」

「その………飲んだり……しなくても…」

口でされること自体にも抵抗感がないと言えば嘘になるが、感じてしまうのも事実なので、強くは言えない。ただ、吐き出したものを飲むのはやめてくれと、恥ずかしそうに伝える朽木に、一之瀬は笑みを浮かべて覆い被さる。

「気になるなら、朽木が綺麗にしてくれ」

「っ…」

どういう意味かは分かるものの、羞恥心が先に立ってすぐに行動出来なかった。それでも気になっていたのは確かで、おずおずと首を伸ばして一之瀬の唇に舌を這《は》わせる。

たどたどしく舐《な》めていると、一之瀬が笑んだ形の唇を開く。朽木は一之瀬の口内へ自らの舌を差し入れ、丁寧に歯列や口蓋《こうがい》まで舐めていく。

「ふ……っ……」

清めているつもりの行為に感じてしまっているのに、朽木自身気づいていた。自分の気配を消そうとしているだけなのに。背徳感めいた感情が更に欲望を押し上げて、達したばかりのものを再び熱くする。

「…ん…っ……」

それを一之瀬に知られたくなくて、それとなく身体を離そうとしていたのに、腰を引き寄せられ密着させられる。ついでに一之瀬は朽木の双丘に手を回し、柔らかな肉を開いて狭間に指を忍ばせた。

「っ…う…く…っ」

敏感な部分に指先を感じると身体が震え、鼻先から呻《うめ》き声が漏れる。反射的にきゅっと萎《しぼ》んだ孔の周囲を指先で撫でていた一之瀬は、キスを解いて朽木の顔を覗き込んだ。

「…緩めてくれないと解せない」

「…っ…」

面と向かって言われるのは耐えがたい台詞で、朽木は顔を背ける。一之瀬は朽木の耳元に唇を寄せ、低い声を吹き込むようにして囁《ささや》いた。

「朽木の中も…熱くなってるだろう？」

「……」

囁かれた半身にざわりとした感覚が走り、朽木は身体を震わせる。言葉で煽《あお》られるよりも強引に押さえつけられた力がマシだと思いながら、息を大きく吐いた。特に今は酒の影響がないから、快楽に溺れながらも、思考の一部はクリアなままだ。

「っ…一之瀬……」

柔軟なやり方で従わさせられる方が屈辱感は大きい。耐えきれなくて眉を顰めて名前を呼ぶと、一之瀬は小さく笑った。覆い被さっていた身体を起こすと、緩めたネクタイを引き抜き、シャツをはだける。

「……」

一之瀬が服を脱いでいく気配を感じながら、朽木は顔を背けて身体を横にした。逃げる余裕はあるのに、動かない自分が信じられない。いや、信じたくない。一之瀬を待っているのかと聞かれたら、決して否定出来ないだろう。

一之瀬の手が肩に触れ、一枚だけ纏っていたシャツを脱がせていく。諾々と従い、背後に寄り添って来る一之瀬の体温を感じて、目を伏せた。再び孔に触れて来た一之瀬の指は潤滑剤で濡れており、朽木は息を呑んで脚の位置をずらそうとする手に身を任せる。

「…っ…ん……」

指が中へ入って来る感触は独特なもので、最初から快楽は得られない。それでも一之瀬の長い指が奥まで進んで来るのを朽木の身体は歓迎する。ゆるゆるとした動きでも、感じる場所に当たる度に身体が竦み上がるような快感を覚える。

「…ふ……っ……あ…っ…」

様子を窺うようにゆっくりと入って来た指の動きは、内壁が馴染んで来るのを見計らって、次第に大胆なものに変わっていく。浅い場所から深いところへ。朽木が反応を見せる部分を的確に攻めながら、指を増やした。

「あ…っ……ん…ぅ…」

潤滑剤と内壁が擦れ合う粘着質な音が、荒い呼吸の合間に響く。くちゅくちゅと音を立てて出入りする指がもたらし始める快楽は微妙なもので、朽木はせつない思いを抱き始める。

もっと確実な……一之瀬自身の大きさや硬さを、熱くなった身体は望んでいる。意識が飛んでしまうほどの快楽をくれる一之瀬自身が欲しくて、首筋から項《うなじ》を舐《ねぶ》っている一之瀬の名を呼んだ。

「…っ…い、ちのせ…」

切羽詰まったような物言いは朽木の望みを一之瀬に伝え、指の動きが止まる。耳殻を唇と舌で嬲《なぶ》りながら、一之瀬は色香のある声で聞く。

「…欲しいのか?」

返事は出来なかったが、代わりに一之瀬の指に絡みついている内壁が答えを返した。ぎゅうっと締め付けて来る朽木の裡《うち》は熱く熟れている。一之瀬は小さく苦笑を漏らして、朽木の後ろから指を引き抜き、彼の身体を仰向《あおむ》けにした。

「ふ…っ……ん…」

脚を開きながら覆い被さって来る一之瀬の背中へ手を回す。腰を抱えた一之瀬のものが潤んだ孔に押し当てられると、朽木は大きく息を吐き出した。

「っ…は…あっ…」

先端が狭い場所を圧《お》し開いて来る感覚には息苦しさを覚えるけれど、それも僅かな間だけだと知っている。それよりもより深くまで一之瀬を受け入れようと、貪欲《どんよく》な内壁が蠢《うごめ》いているのが分かった。

「…っ……朽木…、熱い…」

「んっ……あ…っん…」

感嘆したように一之瀬が言うのにも感じて、朽木の内側はひくひくと反応する。根元まで自朽木の背に手を回し、彼の上半身を抱え上げる。

分を収めた一之瀬は、朽木の望みに応えて口付けた。淫らな口付けを交わしながら、一之瀬は

「っ…！」

繋《つな》がったまま抱え起こされた朽木は何が起こったのかすぐに分からず、息を呑んだ。一之瀬の顔が目の前に来て驚くと共に、体勢が変わったことで、より奥深くまで一之瀬が入り込んで来て高い嬌声を上げる。

「ああっ…」

「…苦しいか？」

「んっ……あっ……奥まで…っ…入って来る……っ」

せつなげに顔を歪めて、正直な感想を口にする朽木の唇を、一之瀬は乱暴に奪った。すぐに応えて来る朽木と淫猥《いんわい》な口付けを交わし、反《そ》り返っている朽木自身に触れる。

「…っ…んっ…」

すぐにでも達してしまいそうなものに触れられた朽木は、深く咬《か》み合ったまま、喉《のど》の奥だけで声を上げる。先端からは液が溢れ出しており、一之瀬の手も濡らしていた。ぬるぬるとした感触に助けられるような滑らかな動きで、一之瀬は朽木を扱く。

「う…っ…んっ…」

駄目だと思う理性は消え、身体中を使って感じる快楽に溺れた。激しいキスをしながら、最

奥まで一之瀬を含み、彼の手で愛撫される。強烈な快感は朽木から思考を奪い、本能が求める欲望だけを残す。

これ以上、感じられないというところまで一之瀬を味わいたい。自分の何処にこれほどまでの強い衝動が隠れていたのかと不思議になるくらい、一之瀬と繋がることが悦く思えた。どうしてなのかは分からない。…いや、分からないことにしておきたいのだと、頭の隅で思いつつ、朽木は一之瀬との快楽に没頭した。

蠟燭《ろうそく》の火を吹き消すように、ふっと意識が途切れた後、朽木は眠りに落ちた。ぐっすり眠っていた筈《はず》なのに、ふいに目が覚めたのは誰かに触れられているという感覚に気づいたからだった。

「……。…お前か……」

間近に人の顔があってどきりとした後、それが一之瀬だと分かって、朽木は息を吐いた。寄り添うようにして横になっていた一之瀬が髪を撫でていて、その感触で目が覚めたのだ。朽木は再び目を閉じ、深く息を吐く。

「…何時だ?」

「二時…だ」

首を伸ばしてサイドテーブルの時計を見た一之瀬が答える。一之瀬に部屋へ連れ込まれたのはまだ外が明るい頃だった。それから激しく抱き合ったのは覚えているが、どうやって終わったのかは余り覚えていない。

ただ、身体がひどくだるくて疲れているのは確かで、つい溜め息が漏れる。このままもう一度寝てしまう前に、シャワーを浴びたいと思うものの、身体が動かなかった。一之瀬が髪を撫でているのも心地よく感じられて、睡魔に襲われそうだ。

ぼんやりとした意識の中でされるがままになっていると、一之瀬が「よかった」と呟くのが聞こえた。

「……。何が？」

自分の見合いが失敗したのを喜んでいるのだろうなという想像はついたけれど、取り敢えず、聞いてみる。だが、一之瀬は朽木の考えとは違う内容を口にした。

「朽木が怒ってなくて」

「……怒ってる…と言えば、怒ってるぞ…？」

「そうなのか？」

そもそも自分はゲイではなく、一之瀬とのこういう関係を了承していない。責任転嫁な部分もかなりあるが、快楽に溺れて訳が分からなくなってしまうのは一之瀬のせいだ。

だから、人の話を聞かない一之瀬の強引なやり方に怒りは覚えているのだけど…。一之瀬が言ってるのは自分が考えているのとは違うような気がして、朽木は聞き返してみる。

「俺が怒るような真似をした自覚があるのか?」

「…自分でも短所だと分かっているんだが、俺は独占欲が強いんだ。だから…東といる朽木を見てかっとなって…乱暴な真似をしようとしてしまった。反省している」

「……ああ、あれか……」

一之瀬がいつの時のことを言っているのか、思い出してみた朽木は、微かに眉を顰めて頷いた。乱暴されそうになったのは許しがたい出来事だったけれど、朽木にとってはその翌日に目撃したキスシーンの方が衝撃だった。なのに、一之瀬はとても気にしているらしく、殊勝な態度で謝りに来た。一応、「分かった」と了承したし、正直、朽木としてはとうに気にしていない。

なのに、日本に帰って来てから会わないでおこうと言った時も、一之瀬はそれが原因かと聞いて来た。そこまで気にするのには理由があるのだろうかと訝しむ朽木に、一之瀬は神妙な顔つきで意外な事実をつけ加える。

「朽木に『許せなくなる』と言われてはっとした。それで失恋したことがあるのに……自分の愚かさを思い知る気分だった」

「失恋。お前が?」

一之瀬は誰もが認めるイケメンというやつで、仕事も家柄も申し分ない男だ。失恋なんて言葉には生涯縁がないように見える。驚いて繰り返す朽木に、一之瀬は怪訝そうに聞き返す。

「朽木はないのか？」

「覚えがない。…ああ、でも、逃げられたのは最大の失恋だろうな」

学生の頃も、社会人になってからも。朽木にとっての恋愛は向こうからやって来るものだった。何となく受け入れて、何となくつき合って、何となく結婚しようとしたら、破綻《はたん》した。あそこで人生最大の失恋をしたのかと、改めて認識する朽木に一之瀬は笑って指摘する。

「朽木は女に縁がないいんだろう。見合い相手にも逃げられたじゃないか」

「冗談だろ？」

結婚式に続いて見合いの席からも相手に去られたという不幸は、もう笑い事にするしかないが、女に縁がないというのにはどうしても頷けない。女に縁がないのであれば、自分の縁は…。

「……」

間近にいる一之瀬と目が合ってしまい、頭を抱えたい気分になった。一之瀬だけでなく、東にも強引な真似をされかけたのを思い出すと、更に憂鬱さが増した。女との縁が薄くなり、男との縁が濃くなっていくなんて…。そんなの認められないと思うのに、朽木の憂いに気づかない一之瀬はしみじみとした口調で言う。

「月桃《げっとう》の頃に朽木とつき合えていたら、時間がたくさんあったのに…と思ったりしたけど、やっぱり今、出会えてよかった。あの頃の俺は分かっていないことが多かったから、朽木のことも傷つけて終わりだったかもしれない」

既につき合っているような話しぶりは解せなかったが、それよりも「月桃」というのが頭の隅に引っかかった。はっと気づいた朽木は「そうだ」と声を上げる。

「お前…東の居場所、警察に通報したのか？」

東という名を聞いた途端、一之瀬はすっと目を眇《すが》める。独占欲が強いのと、嫉妬深いのは同義語に近い。あらぬ誤解を勝手に生み出しそうな一之瀬に、「そういうんじゃなくて」とあらかじめ否定してから、友人として心配なのだと話す。

「罪を償ってやり直せとは言ったんだけどさ。あいつ、聞いてない感じで…」

「東にそんなつもりはさらさらないだろうな。朽木には悪いが、通報はした。だが、あいつの方が上手のようだからな。簡単には捕まらないだろう」

「…別に悪くはない」

さっきまでとは違い、意地悪そうな顔になっているのは、東に対する嫉妬心が影響しているのだろう。嫉妬されるような関係ではない…と思うものの、お互い裸で触れ合えるような距離にいるのがいけない。我が身を憂いつつも、一之瀬を拒絶しきれない自分を見つめ直さなくてはとしみじみ思った。

一度、目覚めたものの、一之瀬と話している内に再び睡魔に襲われ、いつしか眠り込んでいた。身体に残っている甘い疲れと、人肌の温かさが心地よい眠りをくれる。深い眠りの中で、朽木は夢を見ていた。カリビアンブルーの美しい海が目の前に広がる真っ白なビーチに人気はなく、隣には東が座っている。

「どうして?」

尋ねて来る東に何を返せばいいか分からなくて、答えられない。どうしてと聞きたいのは自分の方だ。どうして詐欺なんか。どうして逃げているのか。ちゃんと償ってもう一度やり直せよと言いたいのに、声が出なかった。

「一之瀬より、俺の方がいいのに」

東が続けた言葉に、困った気分で苦笑する。一之瀬がいいわけじゃない。一之瀬だって東と同じく男なのだから、自分にとっては恋愛対象にはならない。

「でも、朽木は一之瀬と寝てるじゃないか」

身も蓋《ふた》もない言い方に、今度は溜め息を吐く。確かに、一之瀬とはキスも…セックスもしている。でも、自分から望んでしてるわけじゃない。一之瀬が強引に…。

「じゃ、俺が強引にしてもいいのか?」

それは無理だ。だって、あの時、東との口付けは受け入れられなかった。東と一之瀬は違う。一之瀬は……特別なんだ。うまく説明は出来ないけれど、特別…なんだ。

「一之瀬が好きなのか?」

最初に聞かれた時はまさかという思いが真っ先に浮かんだ。あり得ないとも思った。なのに、今は返事に迷う。好き…じゃなかったら、特別に思えたりしないのではないか。あんなに落ち込むほど、気にしたりしないのではないか…。

「……………」

ピピピとアラームの鳴る音で目を覚ました朽木は、自分が何処にいるのかすぐに分からなかった。広く、豪華な室内を視線だけでぐるりと見回し、のろのろと身体を起こしてアラームを止める。

東が隣にいて禅問答みたいな会話をしていたのは夢だったのか。深い溜め息を吐き、改めてベッドを見れば一緒に寝ていた一之瀬はいなくなっていた。部屋の中を見回しても姿はなく、再度息を吐く。

また先に帰ったのだろうと思いながら、ベッドを下りてバスルームへ入った。シャワーブースでざっと身体を洗ってから、バスローブを羽織って部屋へ戻る。窓のカーテンを開けると、眩《まぶ》しいくらいに日差しが差し込んで来る。

穏やかな日差しに照らされた庭は落ち着いた色合いで、夢で見ていたカリビアンブルーとは全然違う。カルディグラでも同じように、ホテルの部屋で目覚めたら一之瀬がいなくなっていたことがあった。あの時はひどい虚無感に苛《さいな》まれたけれど、自分の心持ちが違っているのを感じて、不思議に思う。

それはたぶん、一之瀬との関係性が違って来ているからだ。認められないと思いながらも、認めざるを得ない方向へ向かっているのを止められないでいる。大きく深呼吸をして、庭から室内へ視線を戻した朽木は、窓際に置かれたテーブルの上にメモが残されているのを見つけた。

「………」

少しどきりとして手に取れば、丁寧な文字が並んでいる。一之瀬が残していったものに違いなく、自然と笑みが滲《にじ》んだ。「よく寝ているので起こさないでおく。また電話する」。短い中にも気遣いが感じられ、それを心地よく思っている自分に溜め息を吐く。

「どうしたもんかなあ…」

自分の人生はかなり波瀾万丈だと思って来たけれど、まさか、こんな展開が待っているとは考えもしなかった。この選択は吉と出るか凶と出るか、分からないけれど、失うものは何もない。手にしているメモを見て、「特別」だと認めるのもありなのかもしれないと思えている自分に苦笑した。

翌日、週明けの月曜日。いつも通りに出勤した朽木は、朝から少しだけ救われた気持ちになった。

「係長、ご迷惑をおかけしてすみませんでした」

「田川さん。大丈夫なんですか？」

　カルディグラから帰国し、数日が経つが、ずっと会社を休んでいた田川の顔を見ていなかった。絶好調とは言えない顔つきだったけれど、田川は微かな笑みを浮かべて、娘の状態が少し落ち着いたのだと説明する。

「ようやく食事も取ってくれるようになりましたので……妻が自分一人でも見られると言いまして」

「そうですか。大変だと思いますが、気を落とさず…気長に…」

「そうですね。いきなり毎日バイトというのは一足飛び過ぎたかと、妻とも反省してるんです。また、外へ出て行ける機会にいつか恵まれるのを願っています」

　出来る限りフォローするので遠慮なく相談して欲しいと告げ、田川と共に仕事を始めた。出社して来てもやる気のない井上とは違い、田川は社にいる時は十分に働いてくれる。月曜の朝ということもあり、少し早めに出社したのだが、田川のお陰で順調に業務が片付いた。

　そんな中、井上は相変わらず始業時間ぎりぎりに姿を現す。

「おはようございます。あ、田川さん。大丈夫ですか？」

「ご迷惑かけてすみませんでした。なんとか…」

「無理しない方がいいですよ。係長も帰って来てくれたんですし」

「井上。お前も気持ちを切り替えて、ちょっとは働け」

「そうですね。俺、週末に合コンに行ったんですが、切り替えって必要だなと思いました」

渋い表情の朽木に注意された井上は、神妙に頷いた。合コンには新しい出会いがいっぱいあって、うまくいかなかった相手にいつまでも拘っているのはバカらしいと悟ったのだと語る井上を、朽木は諦め顔で見て書類を突き出す。

「その悟りを仕事に生かせ。ほら、これ。付箋《ふせん》ついてるとこ、直しておけよ」

「ええ〜。こんなにあるんですか？」

井上の不平を無視して、朽木はパソコンに向かう。メールの返事を打っていると電話が鳴り、先に受話器を取った田川から声をかけられた。

「係長。生方部長です」

「……」

とんでもない結末を迎えた見合いの席で別れた生方からは、日曜の午後になって電話がかかって来た。荒畑専務夫妻から改めて詫びたいという申し出があると告げられたが、謝罪など必要ないと伝えて欲しいと返した。その話だろうなと思いつつ電話に出ると、会って話したいから時間はないかと聞かれる。

「…では、今から伺ってもいいですか？」

厄介な話はさっさと片付けてしまうに限る。田川のお陰で仕事が一段落していたこともあり、朽木はそのまま部署を出て、生方の下へ向かった。部長室にいた生方は、朽木が顔を出すと「すまなかったな」と申し訳なさそうに詫びた。

「部長のせいじゃありませんから。気にしないで下さい」

「まさか…あんなことになるとは…」

「……あれは…前の旦那さんだったんですよね？」

昨日の電話では、疲れていたのもあって、詳細を聞かないままだった。声を潜めて尋ねる朽木に、生方は渋面で頷く。

「ああ。二番目の旦那で、浮気が原因で離婚したらしいんだが、何度も復縁を申し込んでるようだ。専務は復縁には反対で、それで見合いをさせようと」

「なるほど」

「専務も奥さまも、朽木くんには本当に申し訳なかったと恐縮しておられてな。昨夜、君の気持ちは伝えたが、気が済まないようで、食事に誘って欲しいと言われてるんだが…」

「勘弁して下さい。本当に気にしてませんからって伝えて貰えますか」

食事の席で延々謝られるのを想像しただけでぞっとする。派手に首を横に振る朽木の気持ちは生方にも分かるようで、「分かった」と頷いた。生方自身、迷惑をかけたという気持ちがあって、顔を見て詫びたかっただけなのだろうと思い、朽木はそのまま辞しようとした。

だが、生方が「それでな」と声を低めて続けて来る。

「詫びというだけでもないようなんだが…専務が、君が営業部へ戻れるように口添えしようかと言ってる」

「………」

見合いが成功すればそういう展開もあり得る…という話は聞いていた。驚くような珍事で見合いはぶち壊しになったものの、そっちの話だけは生きている様子なのに、朽木は戸惑いを覚えて聞き返した。

「営業…ですか…?」

「ああ。君は元々、営業で活躍していた人間だ。今もその能力は十分にあるようなのにもったいないじゃないかと。どうだ?」

その気はあるかと聞いて来る生方を見つめたまま、朽木はフリーズした。先日、生方にも言われた通り、今の部署にいる限り、明るい未来はない。万年係長がいいところだろう。見合いをしようと思ったのも、一之瀬への対抗心からだけでなく、真剣に将来を考えなくてはいけない頃合いだと思った為でもある。

なのに、実際、打診を受けてみると即答出来なかった。営業部に戻って前のようにばりばり仕事をして…充実感に溢れた日々は、今のようにトラブル漬けの毎日とは百八十度違うのは分かっている。将来も見えて来る。

けれど…。

「…俺は…今のままでいいです」

口をついて出た答えは、見合いをしようと決めた時とは正反対のものだった。生方は微かに眉を顰め、チャンスは生かした方がいいと勧める。

「見合いがうまくいかなかったのに…と思ってるのかもしれないが、こんなチャンス、もうないかもしれないぞ。受けた方がいいんじゃないか？」

「見合いがあんな結果に終わったからというわけじゃないんです。…色々考えてみて、俺には今の仕事が似合ってるのかもなと思いまして」

苦笑しながら言うと、朽木は気遣ってくれた生方に礼を言い、暇《いとま》を告げた。バカだな…と思う気持ちはあったけれど、不思議と間違った選択をしたとは感じなかった。女と結婚してまで出世ルートへ戻りたいとは思わないと言った一之瀬と同じく、こんなきっかけで営業部へ戻りたいとは思わないのだ、自分も。何もかもが違う一之瀬とも、探せば共通点があるものだと思いながら欧米係へ戻る足取りは、不思議と軽かった。

ホテルの部屋にメモを残し、姿を消してから十日余りの間、一之瀬から連絡はなかった。朽木自身、多忙にしていたので思い出すこともほとんどなかったが、心の底では気になっていた。出来るだけ時間を作って…と言っていたのにと、責められる立場にないのは分かっているが、中途半端なまま、十日も音信不通では文句の一つもぶつけたくなる。

そんな朽木の携帯に一之瀬から連絡が入ったのは、彼が社で一人残業をしている時だった。九時も過ぎ、そろそろ帰るかと思いかけた頃に鳴り始めた携帯を見れば、一之瀬の番号が表示されていた。

「…………」

しばらく携帯を見つめた後、ボタンを押した。はい…と返事すると、「何処だ？」と居場所を聞かれる。

「会社。お前は？」

『もうすぐ東京《とうきょう》に入る』

ということは、成田《なりた》から戻って来る途中なのだろうと判断し、十日も連絡がなかったわけをなんとなく察した。あの後、一之瀬はまた海外に出ていたに違いない。多忙な一之瀬に時間を作るなんて無理な話なのだと、朽木は苦笑してからかった。

「出来るだけ時間を作って…とか言ってなかったか？」

『……。すまない』

冗談のつもりだったのに、一之瀬はものすごく真剣な声で謝って来る。困った気分でどう返そうかと悩んだが、続けて聞こえた内容は一瞬でも悩んだのを後悔させるようなものだった。

『朽木がそんなに待ってくれてるとは思ってなくて…』

「な、何言ってんだ…？　誤解するな。俺は待ってなんか…」

『これから会えないか？』

慌てて否定したが、一之瀬の耳には届いてないようだ。誤解だと繰り返すのも拘っているように思われるからと諦め、朽木は嘆息する。ちょうど帰ろうと思っていたところだし、会うのもやぶさかじゃない。

ただ、自分が前に口にしたことが気にかかってもいて、正直な答えを出し渋った。

「用もないのに会うのはやめたいと言っただろ？」

『用はある』

「なんだよ」

『朽木に会いたいんだ』

俺にとっては大切な用だと言い切る一之瀬に、朽木は返す言葉がなくて沈黙する。頬が熱くなっているのを感じて、電話でよかったとほっとした。何やってんだろうなという心の声を聞きながら頬杖をつくと、携帯の向こうから一之瀬が心配げな声で「朽木？」と呼びかけて来た。

実は自分にも一之瀬に会う「用」がある。一之瀬は覚えているかどうか分からないし、とっくにクリアしたと思っている可能性も高いが、つき合ってくれという一之瀬の求めに、自分はまだ答えを返していない。

「…会社にいるから、近くまで来たらもう一度、電話してくれ」

『分かった』

苦笑混じりにそう伝えると、一之瀬は電話越しにも嬉しそうに聞こえる声で返事をした。通話を切った携帯を机の上へ置き、さて、どう答えようかと考える。正直迷いは残っているけれど、一之瀬の顔を見たら…いつだって強引な一之瀬と一緒にいたら、忘れてしまうだろう。自分にはそれくらいの相手がちょうどいいのかもしれないなと思って、朽木は穏やかな笑みを浮かべた。

あとがき

こんにちは、谷崎《たにざき》泉《いずみ》でございます。「諸行無常というけれど」の続編となります、「落花流水の如く」をお届けしました。お読み下さった皆様がお楽しみ頂けましたのを、心より願っております。

さて、前回はこの二人うまくいくのかしら…というところで終わっておりましたけれど、続編の機会を頂けて大変ありがたく思い、楽しく書かせて頂きました。名前だけの登場だった東《あずま》も姿を現し、朽木《くちき》の振り回され度がかなりアップした内容となっております。右往左往しながらも、しあわせを摑んで（?）いく姿をお楽しみ頂けたらと思います。

今作で架空の国として登場させましたカルディグラは、カリブの小国をイメージしております。カリビアンブルーの海に囲まれたリゾート地での会議なんて、全く身に入らなさそうです。うらやましい。でも、思わぬ誤算だらけだった朽木には景色を楽しむ余裕もなかったかもしれません（笑）。

そして、挿絵の方は「諸行無常〜」に引き続き、金《かね》ひかる先生が担当して下さいました。艶っぽい美麗なイラストをありがとうございます。東も素敵に描いて頂き、感謝しております。読者の皆様には今回も是非、金先生のイラストで脳内補完をお願いしたいものであります。

お世話をおかけしました編集担当さんもありがとうございました。いつも的確なアドヴァイスをありがとうございます！　私の力量不足でなかなか打てば響くような反応が返せず、歯がゆい思いをしておりますが、今後とも精進していく所存であります。

読者様の心に、少しでも残るお話でありますように。またいつか何処かで、お会い出来ますことを願っております。

梅雨の頃に　　谷崎泉

この本を読んでのご意見、ご感想を編集部までお寄せください。

《あて先》〒105－8055　東京都港区芝大門2－2－1　徳間書店　キャラ編集部気付
「落花流水の如く」係

■初出一覧

落花流水の如く……【キャラ文庫】

2013年7月31日　初刷

著者　谷崎　泉
発行者　川田　修
発行所　株式会社徳間書店
〒105-8055　東京都港区芝大門2-2-1
電話048-451-5960(販売部)
03-5403-4348(編集部)
振替00140-0-44392

印刷・製本　図書印刷株式会社
カバー・口絵　近代美術株式会社
デザイン　佐々木あゆみ（COO）

ISBN978-4-19-900719-4

キャラ文庫既刊

■英田サキ
[DEADLOCK]
[DEADHEAT] DEADLOCK2
[DEADSHOT] DEADLOCK3
[SIMPLEX] DEADLOCK外伝 CUT高階 佑
[恋ひめやも] CUT小山田あみ
[ダブル・バインド] 全4巻
[アウトフェイス] ダブル・バインド外伝 CUT葛西リカコ

■秋月こお
[王朝春宵ロマンセ] シリーズ全4巻 CUT唯月 一
[王朝ロマンセ外伝] シリーズ全3巻 CUT唯月 一
[要人警護] シリーズ全6巻 CUT緋色れーいち
[幸村殿、艶にて候] 全7巻 CUT九號
[スサの神謡] CUT稲荷家房之介
[超法規レンアイ戦略課] CUT有馬かつみ
[公爵様の羊飼い] 全3巻 CUT円屋榎英

■洸
[黒猫はキスが好き] CUT汞りょう
[深く静かに潜れ] CUT長門サイチ
[パーフェクトな相棒] CUT亜樹良のりかず
[好みじゃない恋人] CUT小山田あみ
[ろくでなし刑事のセラピスト] CUT新藤まゆり
[オーナー指定の予約席] CUT須賀邦彦
[捜査官は恐竜と眠る] CUT有馬かつみ
[サバイバルな同棲] CUT和鐵屋匠
[常夏の島と英国紳士] CUTみずかねりょう

■いおかいつき
[交番へ行こう] CUT桜城やや
[死者の声はささやく] CUT亜樹良のりかず
[好きなんて言えない!] CUT有馬かつみ
[隣人たちの食卓] CUTみずかねりょう
[探偵見習い、はじめました] CUT小山田あみ

■池戸裕子
[夜叉と獅子] CUT羽根田実
[お兄さんはカテキョ] CUT汞りょう
[官能小説家の純愛] CUT一ノ瀬ゆま
[小児科医の悩みごと] CUT新藤まゆり
[無法地帯の獣たち] CUT新井サチ
[管理人は手に負えない] CUT黒沢 椎
[鬼神の囁きに誘われて] CUT黒沢 椎
[人形は恋に堕ちました。] CUT新藤まゆり

■烏城あきら
[艦《おり》] CUT今 市子

■榎田尤利
[歯科医の憂鬱] CUT高久尚子
[ギャルソンの躾け方] CUT宮本佳野
[アパルトマンの王子] CUT緋色れーいち
[理髪師の、些か変わったお気に入り] CUT二宮悦巳

■音理 雄
[先生、お味はいかが?] CUT三池ろむこ
[犬、ときどき人間] CUT高久尚子

■鹿住 槙
[独占禁止!?] CUT宮城とおこ
[ヤバイ気持ち] CUT穂波ゆきね
[遺産相続人の受難] CUT鳴海ゆき
[兄と、その親友と] CUT夏乃あゆみ

■華藤えれな
[フィルム・ノワールの恋に似て] CUT小椋ムク
[黒衣の皇子に囚われて] CUTCiel
[義弟の渇望] CUTサマミヤアカザ

■可南さらさ
[左隣にいるひと] CUT木下けい子

■川原つばさ
[プラトニック・ダンス] 全6巻 CUT沖麻実也

■神奈木智
[その指だけが知っている]
[左手は彼の夢をみる] その指だけが知っている2
[くすり指は沈黙する] その指だけが知っている3
[そして指輪は告白する] その指だけが知っている4
[その指だけは眠らない] その指だけが知っている5 CUT小田切ほたる
[ダイヤモンドの条件] シリーズ全3巻 CUT須賀邦彦
[無口な情熱] CUT椎名咲月
[征服者の特権] CUT明森びびか
[御所泉家の優雅なたしなみ] CUT円屋榎英
[甘い夜に呼ばれて] CUT不破慎理
[密室遊戯] CUT羽根田実
[若きチェリストの憂鬱] CUT二宮悦巳
[オーナーシェフの内緒の道楽] CUT新藤まゆり
[愛も恋も友情も。] CUT香坂あきほ
[月下の龍に誓え]
[烈火の龍に誓え] 月下の龍に誓え2 CUT円屋榎英
[マル暴の恋人] CUT水名瀬雅良
[恋人がなぜか多すぎる] CUT高星麻子
[マエストロの育て方] CUT夏珂
[守護者がめざめる逢魔が時]
[守護者がささやく黄泉の刻] 守護者がめざめる逢魔が時2 CUTみずかねりょう

■楠田雅紀
[史上最悪な上司] CUT山本小鉄子
[俺サマ吸血鬼と同居中] CUTCiel

キャラ文庫既刊

■剛しいら
［顔のない男］シリーズ全3巻 CUT北畠あけ乃
［命いただきます！］ CUT麻生 海
［狂犬］ CUT有馬かつみ
［盗っ人と恋の花道］ CUT葛西リカコ
［天使は罪とたわむれる］ CUT宮本佳野
［ブロンズ像の恋人］ CUT兼守美行

■ごとうしのぶ
［熱情］ CUT高久尚子

■榊 花月
［ロマンスは熱いうちに］ CUT夏乃あゆみ
［ジャーナリストは眠れない］ CUTヤマダサクラコ
［恋人になる百の方法］ CUT高久尚子
［狼の柔らかな心臓］ CUT亜樹良のりかず
［夜の華］ CUT高階 佑
［他人の彼氏］ CUT汞りょう
［恋愛私小説］ CUT小椋ムク
［地味カレ］ CUT新藤まゆり
［待ち合わせは古書店で］ CUT木下けい子
［不機嫌なモップ王子］ CUT夏乃あゆみ
［本命未満］ CUTルコ
［僕が愛した逃亡者］ CUT葛西リカコ
［天使でメイド］ CUT夏河シオリ
［見た目は野獣］ CUT和鐵屋匠
［綺麗なお兄さんは好きですか？］ CUTミナヅキアキラ
［オレの愛を舐めんなよ］ CUT夏珂
［気に食わない友人］ CUT新藤まゆり
［七歳年下の先輩］ CUT高緒 拾

■桜木知沙子
［となりの王子様］ CUT夢花 李
［金の鎖が支配する］ CUT清瀬のどか
［プライベート・レッスン］ CUT高星麻子
［ひそやかに恋は］ CUT山田ユギ

［ふたりベッド］ CUT梅沢はな
［真夜中の学生寮で］ CUT高星麻子
［兄弟にはなれない］ CUT山本小鉄子

■佐々木禎子
［最低の恋人］ CUT蓮川 愛
［ニュースにならないキス］ CUT水名瀬雅良
［極悪紳士と踊れ］ CUT汞りょう
［ミステリ作家の献身］ CUT高久尚子
［僕の好きな漫画家］ CUT香坂あきほ
［弁護士は籠絡される］ CUT金ひかる
［執事と眠れないご主人様］ CUT榎本
［治外法権な彼氏］ CUT有馬かつみ
［アロハシャツで診察を］ CUT高久尚子
［仙川准教授の偏愛］ CUT新藤まゆり
［妖狐な弟］ CUT佳門サエコ

■秀香穂里
［くちびるに銀の弾丸］シリーズ全2巻 CUT祭河ななを
［チェックインで幕はあがる］ CUT高久尚子
［虜 —とりこ—］ CUT山田ユギ
［誓約のうつり香］ CUT海老原由里
［灼熱のハイシーズン］ CUT長門サイチ
［禁忌に溺れて］ CUT亜樹良のりかず
［ノンフィクションで感じたい］ CUT新藤まゆり
［艶めく指先］ CUTサクラサクヤ
［烈火の契り］ CUT彩
［他人同士］全3巻 CUT新藤まゆり
［大人同士］
［恋人同士 大人同士2］ CUT新藤まゆり
［堕ちゆく者の記録］ CUT高階 佑
［真夏の夜の御伽噺］ CUT佐々木久美子
［桜の下の欲情］ CUT汞りょう
［隣人には秘密がある］ CUT山田ユギ
［なぜ彼らは恋をしたか］ CUT梨とりこ

［闇を抱いて眠れ］ CUT小山田あみ
［恋に堕ちた翻訳家］ CUT佐々木久美子
［盤上の標的］ CUT有馬かつみ
［年下の高校教師］ CUT三池ろむこ

■愁堂れな
［身勝手な狩人］ CUT蓮川 愛
［十億のプライド］ CUT汞りょう
［愛人契約］ CUT水名瀬雅良
［紅蓮の炎に焼かれて］ CUT金ひかる
［花婿をぶっとばせ］ CUT高久尚子
［伯爵は服従を強いる］ CUT羽根田実
［コードネームは花嫁］ CUT汞りょう
［怪盗は闇を駆ける］ CUT由貴海里
［屈辱の応酬］ CUTタカツキノボル
［金曜日に僕は行かない］ CUT麻生 海
［行儀のいい同居人］ CUT小山田あみ
［激情］ CUT羽根田実
［二時間だけの密室］ CUT高久尚子
［月ノ瀬探偵の華麗なる敗北］ CUT亜樹良のりかず
［法医学者と刑事の相性］ CUT高階 佑
［法医学者と刑事の本音 法医学者と刑事の相性2］ CUT二宮悦巳
［嵐の夜、別荘で］ CUT新藤まゆり
［入院患者は眠らない］ CUT和鐵屋匠
［極道の手なずけ方］
［捜査一課のから騒ぎ］ CUT相葉キョウコ
［捜査一課の色恋沙汰 捜査一課のから騒ぎ2］ CUT香坂あきほ
［仮面執事の誘惑］ CUTみずかねりょう
［家政夫はヤクザ］ CUT笠井あゆみ
［猫耳探偵と助手］ CUT葛西リカコ
［孤独な犬たち］

■菅野 彰
［毎日晴天！］
［子供は止まらない 毎日晴天！2］

キャラ文庫既刊

【子供の言い分　毎日晴天!3】
【いそがないで。　毎日晴天!4】
【花屋の二階で　毎日晴天!5】
【子供たちの長い夜　毎日晴天!6】
【僕らがもう大人だとしても　毎日晴天!7】
【花屋の店先で　毎日晴天!8】
【君が幸いと呼ぶ時間　毎日晴天!9】
【明日晴れても　毎日晴天!10】
【夢のころ、夢の町で。　毎日晴天!11】　CUT二宮悦巳
【高校教師、なんですが。】　CUT山田ユギ

■杉原理生
【親友の距離】　CUT穂波ゆきね
【きみと暮らせたら】　CUT高久尚子
【息もとまるほど】　CUT三池ろむこ

■砂原糖子
【シガレット×ハニー】　CUT水名瀬雅良

■春原いずみ
【舞台の幕が上がる前に】　CUT禾田みちる
【神の右手を持つ男】　CUT有馬かつみ
【銀盤を駆けぬけて】　CUT須賀邦彦
【真夜中に歌うアリア】　CUT沖銀ジョウ
【警視庁十三階にて】
【警視庁十三階の罠　警視庁十三階にて2】　CUT宮本佳野
【略奪者の弓】　CUTCiel

■高岡ミズミ
【この男からは取り立て禁止!】　CUT桜城やや
【愛を知らないろくでなし】　CUT長門サイチ
【愛執の赤い月】　CUT有馬かつみ
【夜を統べるジョーカー】　CUT実相寺紫子
【お天道様の言うとおり】　CUT山本小鉄子
【依頼人は証言する】　CUT山田シロ

【人類学者は骨で愛を語る】　CUT汞りょう
【僕が一度死んだ日】　CUT穂波ゆきね
【闇夜のサンクチュアリ】　CUT高階 佑
【鬼の接吻】　CUT禾田みちる

■高遠琉加
【神様も知らない】
【楽園の蛇　神様も知らない2】　CUT高階 佑

■谷崎 泉
【諸行無常というけれど】
【落花流水の如く　諸行無常というけれど2】　CUT金ひかる

■月村 奎
【そして恋がはじまる】シリーズ全2巻　CUT夢花 李
【アプローチ】　CUT夏乃あゆみ

■遠野春日
【眠らぬ夜のギムレット】シリーズ全2巻　CUT沖麻実也
【ブリュワリーの麗人】　CUT水名瀬雅良
【高慢な野獣は花を愛す】　CUT汞りょう
【華麗なるフライト】
【管制塔の貴公子　華麗なるフライト2】　CUT麻々原絵里依
【砂楼の花嫁】　CUT円陣闇丸
【玻璃の館の英国貴族】　CUT円屋榎英
【芸術家の初恋】　CUT穂波ゆきね
【欲情の極華】　CUT北沢きょう
【獅子の系譜】
【獅子の寵愛　獅子の系譜2】　CUT夏河シオリ
【蜜なる異界の契約】　CUT笠井あゆみ

■中原一也
【仁義なき課外授業】　CUT新藤まゆり
【後にも先にも】　CUT梨とりこ
【居候には逆らえない】　CUT乃一ミクロ

【中華飯店に潜入せよ】　CUT相葉キョウコ
【親友とその息子】　CUT兼守美行
【双子の獣たち】　CUT笠井あゆみ
【野良犬を追う男】　CUT水名瀬雅良

■凪良ゆう
【恋愛前夜】　CUT穂波ゆきね
【天涯行き】　CUT高久尚子

■西江彩夏
【片づけられない王様】　CUT麻生ミツ晃

■西野 花
【溺愛調教】　CUT笠井あゆみ

■鳩村衣杏
【共同戦線は甘くない!】　CUT桜城やや
【やんごとなき執事の条件】　CUT沖銀ジョウ
【汝の隣人を恋せよ】　CUT和鐵屋匠
【両手に美男】　CUT乃一ミクロ
【友人と寝てはいけない】　CUT小山田あみ
【歯科医の弱点】　CUT佳門サエコ

■樋口美沙緒
【八月七日を探して】　CUT高久尚子
【他人じゃないけれど】　CUT穂波ゆきね
【狗神の花嫁】
【花嫁と神々の宴　狗神の花嫁2】　CUT高星麻子

■火崎 勇
【楽天主義者とボディガード】　CUT新藤まゆり
【荊の鎖】　CUT麻生 海
【それでもアナタの虜】　CUT司狼 亨
【そのキスの裏のウラ】　CUT羽根田実
【お届けにあがりました!】　CUT山田シロ
【灰色の雨に恋の降る】　CUT皇ソラ
【牙を剥く男】　CUT汞りょう
【満月の狼】　CUT有馬かつみ
【刑事と花束】　CUT夏珂
【足 枷】　CUTCiel

キャラ文庫既刊

[龍と焔] CUTいさき李果

■菱沢九月

[小説家は懺悔する] シリーズ全3巻 CUT高久尚子
[夏休みには遅すぎる] CUT山田ユギ
[本番開始5秒前] CUT新藤まゆり
[セックスフレンド] CUT水名瀬雅良
[ケモノの季節] CUT汞りょう
[年下の彼氏] CUT穂波ゆきね
[好きで子供なわけじゃない] CUT山本小鉄子
[飼い主はなつかない] CUT高星麻子

■松岡なつき

[声にならないカデンツァ] CUTビリー高橋
[ブラックタイで革命を] シリーズ全2巻 CUT緋色れーいち
[センターコート] 全3巻 CUT須賀邦彦
[旅行鞄をしまえる日] CUT史堂 櫂
[NOと言えなくて] CUT果桃なばこ
[WILD WIND] CUT雪舟 薫
[FLESH & BLOOD①～⑳] CUT①～⑪雪舟 薫／⑫～彩
[FLESH & BLOOD外伝 ―女王陛下の海賊たち―] CUT彩
[H・K《ホンコン》ドラグネット] 全4巻 CUT乃一ミクロ

■水原とほる

[青の疑惑] CUT彩
[午前一時の純真] CUT小山田あみ
[ただ、優しくしたいだけ] CUT山田ユギ
[氷面鏡] CUT真生るいす
[春の泥] CUT宮本佳野
[金色の龍を抱け] CUT高階 佑
[災厄を運ぶ男] CUT葛西リカコ
[義を継ぐ者] CUT高階 佑
[夜間診療所] CUT新藤まゆり
[蛇喰い] CUT和鐵屋匠
[気高き花の支配者] CUTみずかねりょう

[二本の赤い糸] CUT金ひかる
[The Barber―ザ・バーバー―] CUT兼守美行
[The Cop―ザ・コップ― The Barber 2] CUT小山田あみ
[ふかい森のなかで] CUT十月絵子
[彼氏とカレシ] CUT十月絵子

■水無月さらら

[お気に召すまで] CUT北畠あけの
[オトコにつまずくお年頃] CUT汞りょう
[オレたち以外は入室不可!] CUT梅沢はな
[九回目のレッスン] CUT高久尚子
[裁かれる日まで] CUTカズアキ
[主治医の采配] CUT小山田あみ
[新進脚本家は失踪中] CUT一ノ瀬ゆま
[美少年は32歳!?] CUT高星麻子
[元カレと今カレと僕] CUT水名瀬雅良
[ベイビーは男前] CUTみずかねりょう
[寝心地はいかが?] CUT金ひかる

■水壬楓子

[桜姫] シリーズ全3巻 CUT長門サイチ
[シンプリー・レッド] CUT汞りょう
[作曲家の飼い犬] CUT羽根田実
[本日、ご親族の皆様には。] CUT黒沢 椎
[森羅万象 狼の式神]
[森羅万象 水守の守]
[森羅万象 狐の輿入] CUT新藤まゆり

■宮緒 葵

[二つの爪痕] CUT兼守美行

■夜光 花

[シャンパーニュの吐息] CUT汞りょう
[君を殺した夜] CUT小山田あみ
[七日間の囚人] CUTあそう瑞穂
[天涯の佳人] CUT DUO BRAND.
[不浄の回廊]
[二人暮らしのユウウツ 不浄の回廊2] CUT小山田あみ

[眠る劣情] CUT高階 佑
[愛を乞う] CUT榎本
[束縛の呪文] CUT香坂あきほ
[ミステリー作家串田寥生の考察] CUT高階 佑

■吉原理恵子

[二重螺旋]
[愛情鎖縛 二重螺旋2]
[攣哀感情 二重螺旋3]
[相思喪曖 二重螺旋4]
[深想心理 二重螺旋5]
[業火顕乱 二重螺旋6]
[嵐気流 二重螺旋7]
[双曲線 二重螺旋8] CUT円陣闇丸
[間の楔] 全6巻 CUT長門サイチ

■渡海奈穂

[兄弟とは名ばかりの] CUT木下けい子
[小説家とカレ] CUT穂波ゆきね

〈四六判ソフトカバー〉

■英田サキ

[HARD TIME DEADLOCK外伝] CUT高階 佑

■凪良ゆう

[きみが好きだった] CUT宝井理人

■菱沢九月

[同い年の弟] CUT穂波ゆきね

■松岡なつき

[王と夜啼鳥《ナイチンゲール》 FLESH&BLOOD外伝] CUT彩

■吉原理恵子

[灼視線 二重螺旋外伝] CUT円陣闇丸

〈2013年7月27日現在〉

投稿小説★大募集

『楽しい』『感動的な』『心に残る』『新しい』小説——

みなさんが本当に読みたいと思っているのは、どんな物語ですか？　みずみずしい感覚の小説をお待ちしています！

•応募きまり•

[応募資格]

商業誌に未発表のオリジナル作品であれば、制限はありません。他社でデビューしている方でもOKです。

[枚数／書式]

20字×20行で50〜300枚程度。手書きは不可です。原稿は全て縦書きにして下さい。また、800字前後の粗筋紹介をつけて下さい。

[注意]

①原稿はクリップなどで右上を綴じ、各ページに通し番号を入れて下さい。また、次の事柄を１枚目に明記して下さい。
（作品タイトル、総枚数、投稿日、ペンネーム、本名、住所、電話番号、職業・学校名、年齢、投稿・受賞歴）
②原稿は返却しませんので、必要な方はコピーをとって下さい。
③締め切りは特別に定めません。採用の方にのみ、原稿到着から３ヶ月以内に編集部から連絡させていただきます。また、有望な方には編集部からの講評をお送りします。
④選考についての電話でのお問い合わせは受け付けできませんので、ご遠慮下さい。
⑤ご記入いただいた個人情報は、当企画の目的以外での利用はいたしません。

[あて先] 〒105-8055 東京都港区芝大門2-2-1
徳間書店 Chara編集部 投稿小説係

投稿イラスト★大募集

キャラ文庫を読んで、イメージが浮かんだシーンをイラストにしてお送り下さい。キャラ文庫、『Chara』『Chara Selection』『小説Chara』などで活躍してみませんか？

•応募きまり•

[応募資格]

応募資格はいっさい問いません。マンガ家＆イラストレーターとしてデビューしている方でもOKです。

[枚数／内容]

①イラストの対象となる小説は『キャラ文庫』か『Chara、Chara Selection、小説Charaにこれまで掲載された小説』に限ります。
②カラーイラスト１点、モノクロイラスト３点の合計４点。カラーは作品全体のイメージを。モノクロは背景やキャラクターの動きの分かるシーンを選ぶこと（裏にそのシーンのページ数を明記）。
③用紙サイズはＡ４以内。使用画材は自由。

[注意]

①カラーイラストの裏に、次の内容を明記して下さい。
（小説タイトル、投稿日、ペンネーム、本名、住所、電話番号、職業・学校名、年齢、投稿・受賞歴、返却の要・不要）
②原稿返却希望の方は、切手を貼った返却用封筒を同封して下さい。封筒のない原稿は編集部で処分します。返却は応募から１ヶ月前後。
③締め切りは特別に定めません。採用の方にのみ、編集部から連絡させていただきます。また、有望な方には編集部から講評をお送りします。選考結果の電話でのお問い合わせはご遠慮下さい。
④ご記入いただいた個人情報は、当企画の目的以外での利用はいたしません。

[あて先]

〒105-8055 東京都港区芝大門2-2-1
徳間書店 Chara編集部 投稿イラスト係

キャラ文庫最新刊

守護者がささやく黄泉の刻《とき》 守護者がめざめる逢魔が時2

神奈木智

イラスト◆みずかねりょう

幽霊屋敷の件で、恋人同士になった清芽《せいが》と凱斗《かいと》。ある日、凱斗の母親が神隠しにあい、二人は事件を調べに現地に乗り込み…!?

孤独な犬たち

愁堂れな

イラスト◆葛西リカコ

兄を爆破事件で失った香介《きょうすけ》に、大川組若頭の加納《かのう》は「事件の深追いはするな」と脅す。だが、真実を探ろうと香介は大川組へ…!?

落花流水の如く 諸行無常というけれど2

谷崎 泉

イラスト◆金ひかる

一ノ瀬《いちのせ》の熱烈な求愛を断り続けていた朽木《くちき》。ところが急なカリブ海への出張で、一ノ瀬を左遷に追いやった元同級生と再会して!?

溺愛調教

西野 花

イラスト◆笠井あゆみ

幼い夏乃《なつの》に、その性癖を目覚めさせた了一《りょういち》が突然現れ「俺を手伝って」と囁く。了一の元へ向かうと、ほかに二人の男がいて…!?

8月新刊のお知らせ

榊 花月［暴君×反抗期］cut／沖 銀ジョウ

秀 香穂里［鳥籠は壊れて(仮)］cut／葛西リカコ

中原一也［ナチュラル21(仮)］cut／小山田あみ

8月27日(火)発売予定

お楽しみに♡